U0017046

# 給青年小說家的信

馬利歐‧巴爾加斯‧尤薩〔Mario Vargas Llosa〕 著

趙德明 譯

Cartas a un
Joven Novelista

聯經

Llosa

# 給青年小說家的信
## 目次

第一封信　條蟲寓言　　　　　　001

第二封信　卡托布勒帕斯　　　　023

第三封信　說服力　　　　　　　039

第四封信　風格　　　　　　　　049

第五封信　敘述者和敘述空間　　067

第六封信　時間　　　　　　　　095

第七封信　現實層面　　　　　　119

第八封信　變化與質的飛躍　　　143

第九封信　中國套盒　　　　　　161

第十封信　隱藏的材料　　　　　175

第十一封信　連通管　　　　　　193

第十二封信　信後附言　　　　　209

第一封信》
條蟲寓言

親愛的朋友：

您的信讓我激動，因為借助這封信，我又看到了自己十四、五歲時的身影，那是在奧德亞將軍（General Odría）獨裁統治下的灰色的利馬（Lima）；我時而因為懷抱著總有一天要當上作家的夢想而興奮，時而因為不知道如何邁步、如何開始把我感到的抱負付諸實施而苦悶；我感到我的抱負彷彿一道緊急命令：寫出讓讀者眼花撩亂的故事來，如同那幾位讓我眼花撩亂的作家作品一樣，那幾位我剛剛供奉在自己私人神龕裡的作家：福克納（William Faulkner）[1]、海明威（Ernest Hemingway）[2]、馬爾羅（André Malraux）[3]、多斯・帕索斯（John Dos Passos）[4]、卡繆（Albert Camus）[5]、沙特（Jean-Paul Sartre）[6]。

---

1　福克納（1897-1962），美國小說家。
2　海明威（1899-1961），美國小說家。
3　馬爾羅（1901-76），法國小說家。
4　多斯・帕索斯（1896-1970），美國小說家。

　　我腦海裡曾經多次閃過給他們其中某一位寫信的念頭（那時他們還都健在），想請他們指點我如何當上作家。可是我從來沒敢動筆，可能出於膽怯，或者出於壓抑的悲觀情緒——既然我知道他們誰也不肯屈尊回信，那為什麼還要寫信呢？類似我這樣的情緒常常會白白浪費許多青年的抱負，因為他們生活在這樣的國家裡：對於大多數人來說，文學算不上什麼大事，文學在社會生活的邊緣處苟延殘喘，彷彿地下活動似的。

　　既然給我寫了信，那您就沒有體驗過這樣的壓抑情緒。這對於您願意踏上的冒險之路以及您為此而期盼的許多奇蹟，是個良好的開端——儘管您在信中沒有提及，但我可以肯定您是寄希望於奇蹟的。請允許我斗膽提醒您：對此，不要有過高期望；也不要對

---

5　卡謬（1913-60），法國存在主義小說家。
6　沙特（1905-80），法國存在主義哲學家、小說家。

成就抱有過多幻想。當然，沒有任何理由說您不會取得成就。但是，假若您堅持不斷地寫作和發表作品，您將很快發現，頒獎給作家、得到公眾認可、大量出售作品、社會聲譽雀起，都有著極其隨心所欲的獨特走向，因為有時這些名和利會頑固地躲避那些最應該受之無愧的人，而偏偏糾纏和降臨到受之有愧的人身上。這樣一來，只要把名利看作對自己抱負的根本性鼓勵，那就有可能看到夢想的破滅，因為他可能把文學抱負與為文學給予某些作家（人數極有限）的閃光獎牌及為了利益所需要的能力混淆起來了。抱負與謀求利益的能力是不相同的。

　　文學抱負的基本屬性是，有抱負的人如果能夠實現自己的抱負，那就是對這一抱負的最高獎勵；這樣的獎勵要超過、遠遠地超過它作為創作成果所獲得的一切名利。關於文學抱負，我有許多不敢肯定的看法；但我敢肯定的觀點之一是：作家從內心深處感到

寫作是他經歷和可能經歷的最美好事情，因為對作家來說，寫作意味著最好的生活方式，作家並不十分在意其作品可能產生的社會、政治和經濟後果。

　　談及怎樣成為作家這個令人振奮又苦惱的話題：我覺得文學抱負是必要的起點。當然，這是個神秘的題目，它被裹在不確定性和主觀性之中。但是，這並不構成用一種理性的方式加以說明的障礙；只要避免虛榮心，只要不帶迷信和狂妄的神話色彩就可以進行。浪漫派一度懷抱這樣的神話：把作家變成眾神的選民，即被一種超自然的先驗力量指定的人，以便寫出神的話語，而只有借助神氣，人類精神才可能得到昇華，再經過大寫的「美」的感染，人類才有可能得到永生。

　　今天，再也不會有人這樣談論文學或者藝術抱負了。但是，儘管現在的說法不那麼神聖或者輝煌，抱負依然是個相當難以確定的話題，依然是個起因不

詳的因素；抱負推動一些男女把畢生的精力投入一種
活動：一天，突然感到自己被召喚，身不由己地去從
事這種活動——比如寫故事，根據自身條件，使出渾
身解數，終於覺得實現了自我的價值，而絲毫不認爲
是在浪費生命。

　　我不相信早在妊娠期上帝就爲人的誕生預定了
一種命運；我不相信什麼偶然性或者乖戾的神意給在
母腹中的胎兒身上分配了才華或者無能、欲望或者無
欲。但是，今天我也不相信青年時有一個階段在法國
存在主義唯意志論的影響下——尤其是沙特的影響——
曾經相信的東西：抱負是一種**選擇**，是用什麼來決定
人未來的個人意志的自由運動。雖然我認爲文學抱負
不是鑴刻在未來作家身上基因的預示性東西，雖然我
堅信教育和持之以恆的努力可能在某些情況下造就天
才，但我最終確信的還是，文學抱負不能僅僅解釋爲
自由選擇。我認爲，這樣的選擇是必要的，但那是只

有到第二個階段才發生的事情，而從第一個階段開
始，即從孩提或青少年時期起，首先需要主觀的安排
和培養；後來的理性選擇是來加強前一時期的教育，
而不是從頭到腳製造出一個作家。

　　如果我的懷疑沒錯的話（當然，很有可能不
對），一個男孩或者女孩過早地在童年或者少年時期
展示了一種傾向：能夠想像出與生活不同的天地裡的
人物、情節、故事和世界，這種傾向就是後來可能稱
之爲文學抱負的起點。當然，從這樣一個喜歡展開想
像的翅膀遠離現實世界、遠離眞實生活的傾向，到開
始文學生涯，這中間還有個大多數人不能跨越的深
淵。能夠跨越這個深淵、通過語言文字來創造世界的
人們，即成爲作家的人，總是少數，他們把沙特說的
一種**選擇**的意志運動補充到那種傾向裡去了。時機一
旦可能，他們就決定當作家。於是，就這樣做了自我
選擇。他們爲了把自己的抱負轉移到書面話語上而安

排自己的生活；而從前這種抱負僅限於在無法觸摸的
內心深處虛構別樣的生活和世界。這就是您現在體驗
到的時刻：困難而又激動的處境，因為您必須決定除
去憑藉想像虛構現實之外，是否還要把這樣的虛構化
作具體的文字。如果您已經決定這樣做，那等於您已
經邁出了極其重要的一步；當然，這絲毫不能保證您
將來一定能當上作家。但是，只要您堅持下去，只要
您按照這個計畫安排自己的生活，那就是一種（唯一
的）開始成為作家的方式了。

　　這個會編造人物和故事的早熟才能，即作家抱
負的起點，它的起源是什麼呢？我想答案是：反抗精
神。我堅信：凡是刻苦創作與現實生活不同生活的人
們，就用這種間接的方式表示對這一現實生活的拒絕
和批評，表示用這樣的拒絕和批評以及自己的想像和
希望製造出來的世界替代現實世界的願望。那些對現
狀和目前生活心滿意足的人們，幹麼要把自己的時間

和精力投入創作虛構的現實這樣虛無縹緲、不切實際
的事情中去呢？然而，使用簡單寫作工具創作別樣生
活和別樣人群的人們，有可能是在種種理由的推動下
進行的。這些理由或者是利他主義的，或者是不高尚
的，或者是卑劣吝嗇的，或者是複雜的，或者是簡單
的。無論對生活現實提出何種質問，都是無關緊要
的，依我之見，這樣的質問是跳動在每個作者心中
的。重要的是對現實生活的拒絕和批評應該堅決、徹
底和深入，永遠保持這樣的行動熱情——如同唐吉訶
德（Don Quixote）那樣挺起長矛衝向風車，即用敏
銳和短暫的虛構天地通過幻想的方式來代替這個經過
生活體驗的具體和客觀的世界。

　　但是，儘管這樣的行動是幻想性質的，是通過
主觀、想像、非歷史的方式進行的，可是最終會在現
實世界，即有血有肉的人們的生活裡，產生長期的精
神效果。

　　對現實生活的這種懷疑態度，即文學存在的秘密理由——也是文學抱負存在的理由，決定了文學能夠給我們提供關於特定時代的唯一證據。虛構小說描寫的生活——尤其是成功之作——絕對不是編造、寫作、閱讀和欣賞這些作品的人們實實在在的生活，而是虛構的生活，是不得不人為創造的生活，因為在現實中他們不可能過這種虛構的生活，因此就心甘情願地僅僅以這種間接和主觀的方式來體驗它，來體驗那另類生活：夢想和虛構的生活。虛構是掩蓋深刻真理的謊言；虛構是不曾有過的生活，是一個特定時代的人們渴望享有、但不曾享有，因此不得不編造的生活。虛構不是歷史的畫像，確切地說，是歷史的反面，或者說歷史的背面；虛構是實際上沒有發生的事情，因此，這樣的事情才必須由想像和話語來創造，以便安撫實際生活難以滿足的雄心，以便填補人們發現自己周圍並用幻想充斥其間的空白。

　　當然，反抗精神是相對的。許多作者根本就沒有意識到這一精神的存在，或許還有可能他們弄明白了自己想像才能的顛覆性質之後，會吃驚和害怕；因為他們在公開場合絕對不認為自己是用炸彈破壞這個世界的秘密恐怖分子。另一方面，說到底，這是一種相當和平的反抗，因為用虛構小說中那觸摸不到的生活來反抗實在的生活，又能造成什麼傷害呢？對於實在的生活，這類競爭又能意味什麼危險呢？粗略地看是沒有的。這是一種遊戲。不是嗎？各種遊戲只要不企圖越過自己的空間、不牽連到實在的生活，通常是沒有危險的。好了，如果現在有人——比如，唐吉訶德或者包法利夫人（Madame Bovary）——堅持要把虛構小說與生活混淆起來，非要生活得像小說裡那個模樣不可，其結果常常是悲慘的。凡是要這麼行動的人，那往往要以可怕的失望作代價。

　　但是，文學這個遊戲也並非無害。由於虛構小

說是內心對生活現狀不滿的結果，因此也就成為抱怨和宣洩不滿的根源。因為，凡通過閱讀體驗到偉大小說中的生活——比如上面剛剛提到的賽萬提斯（Miguelde Cervantes）[7]和福樓拜（Gustave Flaubert）[8]的作品——的人，回到現實生活時，面對生活的局限和種種毛病，其感覺會格外敏感，因為他通過作品中的美妙想像已經明白：現實世界——這實在的生活——比起小說家編造的生活不知要庸俗多少。優秀文學鼓勵的這種對現實世界的焦慮，在特定的環境裡也可能轉化為面對政權、制度或者既定信仰的反抗精神。

因此在歷史上，西班牙宗教裁判所是不信任虛構小說的，並對它實行嚴格的書刊審查，甚至在長達三百年的時間裡禁止整個美洲殖民地出售小說。其藉口是那些胡說八道的故事會分散印第安人對上帝的信

---

7　賽萬提斯（1547-1616），西班牙小說家。
8　福樓拜（1821-80），法國小說家。

仰，對於一個以神權統治的社會來說，這是唯一重要的事。與宗教裁判所一樣，任何企圖控制人民生活的政府和政權，都對小說表示了同樣的不信任，都對小說採取監視的態度，都使用了限制手段：書刊審查。前者和後者都沒有搞錯：透過那無害的表面，編造小說是一種享受自由和對那些企圖取消小說的人——無論教會還是政府——的反抗方式。這正是一切獨裁政權——法西斯、共產主義、伊斯蘭傳統派政權、非洲和拉丁美洲軍事專制政權——企圖以書刊審查方式強制文學穿上束身衣（限定在某種束縛範圍內）以控制文學。

可是，這樣泛泛的思考讓我們有些脫離了您的具體情況。我們還是回到具體問題上來吧。您在內心深處已經感覺到了這一文學傾向的存在，並且已經把獻身文學置於高於一切的堅定不移的行動之中了。那現在呢？

　　您把文學愛好當作前途的決定，有可能會變成奴役，不折不扣的奴隸制。爲了用一種形象的方式說明這一點，我要告訴您，您的這一決定顯然與19世紀某些貴夫人的做法如出一轍：她們因爲害怕腰身變粗，爲了恢復美女一樣的身材就吞吃一條條蟲。您曾經看到過什麼人腸胃裡養著這種寄生蟲嗎？我是看到過的。我敢肯定地說：這些夫人都是了不起的女傑，是爲美麗而犧牲的烈士。1960年代初，在巴黎，我有一位好朋友，他名叫何塞·馬利亞（José María），一個西班牙青年、畫家和電影工作者，他就患上了這種病。條蟲一旦鑽進他身體的某個器官，就安家落戶了：吸收他的營養，同他一道成長，用他的血肉壯大自己，很難、很難把這條條蟲驅逐出境，因爲它已經牢牢地建立了殖民地。何塞·馬利亞日漸消瘦，儘管他爲了這個紮根於他腸胃的小蟲子不得不整天吃喝不停（尤其要喝牛奶），因爲不這樣的話，它就煩得你

無法忍受。可是他吃喝下去的都不是爲了滿足自己的快感和食欲，而是讓那條條蟲高興。有一天，我們正在蒙巴拿斯的一家小酒吧裡聊天，他說出一席坦率的話讓我吃了一驚：「咱們一道做了許多事情。看電影，看展覽，逛書店，幾個小時又幾個小時地談論政治、圖書、影片和共同朋友的情況。你以爲我做這些事情的時候是和你一樣的嗎？因爲做這些事情會讓你快活，那你可就錯了。我做這些事情是爲了它，爲這條條蟲。我現在的感覺就是：現在我生活中的一切，都不是爲我自己，而是爲著我腸胃裡的這個生物，我只不過是它的一個奴隸而已。」

從那時起，我總喜歡把作家的地位與何塞·馬利亞腸胃裡有了條蟲以後的處境相比。文學抱負不是消遣，不是體育，不是茶餘飯後玩樂的高雅遊戲。它是一種專心致志、具有排他性的獻身，是一件壓倒一切的大事，是一種自由選擇的奴隸制——讓它的犧牲

者（心甘情願的犧牲者）變成奴隸。如同我那位在巴黎的朋友一樣，文學變成了一項長期的活動，成為某種占據了生存的東西。它除了超出用於寫作的時間之外，還滲透到其他所有事情之中，因為文學抱負是以作家的生命為營養的，正如侵入人體的長長的條蟲一樣。福樓拜曾經說過：「寫作是一種生活方式。換句話說，誰把這個美好而耗費精力的才能掌握到手，他就不是為生活寫作，而是為了寫作而生活。」

這個把作家的抱負比做條蟲的想法並沒有什麼新意。通過閱讀湯瑪斯·沃爾夫（Thomas Wolfe）[9]的作品，我剛剛發現這個想法，他把自己的才能描寫成在心中安家落戶的條蟲：「於是，那夢想永遠地破滅了，那童年時期感人、模糊、甜蜜和忘卻的夢想。這條蟲在這之前就鑽進我的心中，它蜷曲在那裡，用

---

9　湯瑪斯·沃爾夫（1900-38），美國小說家。福克納的老師，著有兩部巨著《時間與河流》和《天使望故鄉》。

我的大腦、精神和記憶做食糧。我知道，自己已經被
心中的火焰抓住，已經被自己點燃的火吞食，已經被
多年來耗費我生命的憤怒與無法滿足的欲望鐵爪撕得
粉碎。一句話，我知道，在腦海裡或者心中或是記憶
中，一個發光的細胞將永遠閃耀，日日夜夜地閃耀，
閃耀在我生命的每時每刻，無論是清醒還是在夢中；
我知道那條蟲會得到營養，永遠光芒四射；我知道無
論什麼消遣，什麼吃喝玩樂，都不能熄滅這個發光的
細胞；我知道即使死亡用它那無限的黑暗奪去了我的
生命，我也不能擺脫這條條蟲。」

「我知道終於我還是變成作家；我也終於知道一
個人如果要過作家的生活，他會發生什麼事情。」[10]

我想，只有那種獻身文學如同獻身宗教一樣的

---

10　見湯瑪斯・沃爾夫，《一個美國小說家的自傳：小說家的
　　故事》（*The Autobiography of an American Novelist：The
　　Story of a Novelist*）。

人，當他準備把時間、精力、勤奮全部投入文學抱負中去，那時他才有條件真正地成為作家，才有可能寫出領悟文學為何物的作品。而另外那個神秘的東西，我們稱之為才能、天才的東西，不是以早熟和突發的方式誕生的——至少在小說家中不是，雖然有時在詩人或者音樂家中有這種情況，經典性的例子可以舉出蘭波（Arthur Rimbaud）[11]和莫札特（Wolfgang Amadeus Mozart）——而是要通過漫長的過程、多年的訓練和堅持不懈的努力才有可能使之出現。沒有早熟的小說家。任何大作家、任何令人欽佩的小說家，一開始都是練筆的學徒，他們的才能是在恆心加信心的基礎上逐漸孕育出來的。那些逐漸培養自己才能的作家的榜樣力量，是非常鼓舞人的，對嗎？他們的情況當然與蘭波不同，後者在少年時期就已經是個天才

---

11　蘭波（1854-91），法國詩人。

詩人了。

假如對這個孕育文學天才的話題感興趣，我建議讀一讀福樓拜的書信集，尤其是1850至1854年間他在創作第一部傑作《包法利夫人》時寫給情人路易莎‧科勒（Louise Colet）的那些信。我在創作最初那幾部作品時，閱讀這些書信讓我受益匪淺。儘管福樓拜是悲觀主義者，他的書信中充滿了對人性的辱罵，但他對文學卻有著無限的熱愛。因為他把自己的抱負表現為參加遠征，懷著狂熱的信念日日夜夜投身其中，對自己苛求到難以形容的程度。結果，他終於衝破自身的局限性（在他早期的文字中，由於受流行的浪漫主義模式的影響而咬文嚼字、亦步亦趨，這十分明顯）並且寫出了像《包法利夫人》和《情感教育》（*A Sentimental Education*）這樣的長篇小說，可以說這是最早的兩部現代小說。

另一部與這封信的話題有關的作品，我冒昧地

推薦給您，就是美國一位非常特別的作家威廉‧巴勒斯（William Burroughs）[12]寫的《吸毒者》（*Junkie*）。巴勒斯作為小說家，我絲毫不感興趣。他那些實驗性、心理迷戀性的故事，總是讓我特別厭煩，甚至讓我覺得不能卒讀。但是，他寫的第一部作品《吸毒者》是有事實根據的，有自傳性質，那裡面講述了他如何變成吸毒者、如何在吸毒成癮後——自由選擇的結果，毫無疑問是某種愛好所致——變成了一個幸福的奴隸、快樂的癮君子。我認為描寫得準確無誤，是他文學抱負發揮的結果，也寫出了這一抱負在作家和作家任務之間的從屬關係以及作家在寫作中吸收營養的方式。

　　但是，我的朋友，對於書信體文字來說，我這封信已經超過了適宜的長度，而書信體文字的主要優

---

12　威廉‧巴勒斯（1941-97），美國實驗小說家。

點恰恰應該是短小，因此我說聲：再見吧。

擁抱您。

第二封信》
# 卡托布勒帕斯[1]

---

1 Catoblepas，傳說中頭顱垂地的長頸怪獸。

親愛的朋友：

　　近日繁重的工作讓我無法及時給您回信。但您信中的內容，自從我看過以後，一直在我腦中盤旋。這不僅是您的熱情所致，因為我也相信文學是人們為抵抗不幸而發明的最佳武器；而且還因為您在信中給我提出的問題，「小說講述的故事從何而來？」「主題是如何在小說家心裡產生的？」雖然我已經寫過相當數量的小說，這樣的問題卻依然像我在當寫作學徒初期那樣讓我好奇。

　　對此，我有一個答案，如果它不算是純粹的謊言，那也一定帶有很強的個人色彩。任何故事的根源都是編造這些故事者的經驗，生活過的內容是灌溉虛構之花的源泉。當然，這並不意味著一部長篇小說是作者偽裝過的傳記；確切地說，在任何虛構的小說中，哪怕是想像最自由的作品裡，都有可能鉤沉出一個出發點，一個核心的種子，它們與虛構者的大量生

活經驗根深蒂固地聯繫在一起。我可以大膽地堅持說：就這個規矩而言，還沒有例外；因此還可以說，在文學領域不存在純粹化學般的發明。我還堅持認為：任何虛構小說都是由想像力和手工技藝在某些事實、人物和環境的基礎上樹立起來的建築物；這些事實、人物和環境早已在作家的記憶中留下烙印，啟發了作家創造性的想像力；自從播種以後，這個創造性的想像力就逐漸樹立起一個世界，它是那樣豐富多彩，以至有時幾乎不能（或者完全不能）辨認出在這個世界裡還有曾經構成胚胎時期的那些自傳性材料，而這些材料會以某種形式成為整個虛構小說與真實現實的正反兩面的秘密紐帶。

在一次青年講座上，我曾經試圖借用一種順序顛倒的脫衣舞來解釋這個過程。創作長篇小說大概相當於職業舞女面對觀眾脫去衣裳、展示裸體時做的一切。而小說家是按照相反的順序做動作的。在創作小

說的過程中，作家要漸漸地給開始的裸體、即節目的出發點穿上衣裳，也就是用自己想像力編織的五顏六色和厚重的服飾逐漸遮蔽裸露的身體。這個過程是如此的複雜和細緻，以至很多時候連作者本人都無法在完成的作品裡識別自己有編造人物和想像世界的能力的充分證明，無法識別出潛伏在記憶中的形象──生活強加的形象──而正是這些形象刺激作家的想像力，鼓舞作家的鬥志並且引導他去起草這個故事。

　　至於主題，我認為小說家是從自身吸取營養的，如同「卡托布勒帕斯」一樣，即那個出現在福樓拜長篇小說《聖安東的誘惑》（*The Temptation of Saint Anthony*）中聖安東面前的神話動物，也就是後來豪爾赫・路易士・博爾赫斯（Jorge Luis Borges）[2]在《幻想生物之書》（*Book of Imaginary Beings*）進行

---

2　豪爾赫・路易士・博爾赫斯（1899-1986），阿根廷詩人、
　　小說家。

再創造的那個神話動物。卡托布勒帕斯是一個從足部
開始吞食自己的可憐動物。從非肉體意義上講，小說
家當然也是在不斷地挖掘自己的經驗，為編造故事而
尋找機會。這不僅是為了根據某些記憶提供的素材對
人物、事件和場景進行再創造；而且還因為小說家在
自己的記憶庫裡找到了為成功地完成這個漫長而又困
難的過程、即編造小說所需要的毅力的材料。

關於虛構小說的主題，我可以再多談一點。小
說家不選擇主題；是他被主題選擇。他之所以寫某些
事情，是因為某些事情出現在他腦海裡。在主題的選
擇過程中，作家的自由是相對的，也可能是不存在
的。無論如何，如果與文學形式相比，主題的分量要
小得多；我覺得面對文學形式，作家的自由──或者
說責任──是全方位的。我的感覺是，生活──我知
道這個詞太大──通過某些在作家意識或者潛意識裡
打下烙印的經驗給作家提供主題，因為這些經驗總是

在逼著作家把它們轉變為故事，否則作家就不能擺脫
這些經驗的騷擾。幾乎無需尋找例子就可以看到主題
是如何通過生活經驗強加到作家身上的，因為無論什
麼樣的證據在這一點上都是吻合的：這個故事、這個
人物、這個處境、這個情節，總是在跟蹤我，糾纏
我，彷彿是來自我個性中最隱秘地方的要求；而為了
擺脫這個要求，我不得不把它寫出來。當然，誰都會
想到第一個這樣做的人就是普魯斯特（Marcel Proust）[3]。
他是真正「卡托布勒帕斯」式的作家。您說是嗎？有
誰能比這位《追憶似水年華》（*In Search of Lost Time*）
的緩慢建設者更能從自身吸取營養並且獲得最佳結果
呢？他如同一位工作非常仔細的考古學家，在自己記
憶的角落裡翻動不停，對自己生活中的波折、家庭、
家鄉的風光、朋友、社會關係、可坦白與不可坦白的

---

3　普魯斯特（1871-1922），法國小說家。

欲望、快樂和煩惱進行不朽的藝術加工;與此同時,
他還在珍藏、鑒別、埋藏、挖掘、組合、分解、修
飾、扭曲從逝去的年華中記憶挽留下來的大量形象的
繁重工作中,從人類精神神秘而敏銳的動向裡,進行
了不朽的藝術再創造。傳記作家們(例如,佩因特[4]
〔George Painter〕)可以確定真人真事的詳情,它隱藏
在普魯斯特小說故事的華麗創作背後,明白無誤地啟
發我們:這個奇妙的文學創作是如何運用作者自己的
生活素材而成立的。但是,由評論界發掘出來的這些
自傳素材清單真正向我們表明的是另外一件事:普魯
斯特的創造力,他運用那個反省的方法探究歷史,把
自己生存中相當常規的事件改造成華麗的壁毯,令人
眼花撩亂地表現了人類的處境,這從意識開放的主觀
性到在生命歷程中對自身的審視,都是可以察覺的。

---

4　佩因特(1914-),英國學者,普魯斯特的第一個傳記作
　　家。

　　要我們對另外一個方面進行論證的東西，其重要性絲毫不在前者之下，即儘管小說家創作的出發點是生活的經歷，那這一經歷就不是也不可能是終點。這個終點的位置相當遙遠，有時是如遠望星空般的距離，因為在這個中間過程中——在話語主體和敘述秩序中闡明主題——自傳素材要經歷一番改造，要同其他回憶或者編造的素材混合在一起，要豐滿（有時會消瘦）起來，要經過修改和架構——如果這部長篇小說是真正的創造，直到獲得一部虛構小說為獨立生存而必須偽裝出來的所有自由權為止（凡是沒有擺脫作者、僅僅具有傳記文獻價值的小說，當然是失敗的虛構小說）。創造性的勞動就在於：在那個客觀的、由話語構成的世界、即一部長篇小說裡，要對通過小說家記憶力提供的那些素材進行一番改造。形式就是讓虛構凝結在具體作品中的東西，在這個領域裡，如果小說創作的想法是真實的（我告訴您，我常常懷疑有

人的想法是否眞實），小說家就擁有了完全的自由，
因此也就會對結果負責。如果您從字裡行間讀到的內
容是：依我之見，一個虛構小說的作者不對自己的主
題負責（因爲是生活強加的），但在把主題變成文學
時他對自己的所作所爲負責，因此可以說：在萬不得
已的情況下，他是唯一對自己成功或者失敗負責的人
──對自己的平庸或者天才負責，沒錯，這正是我的
想法。

　　爲什麼在一個作家生活中積累的無數事實裡，
有些事情會對他那創造性的想像力產生非常豐厚的效
果；相反更大量的事情只是從他的記憶中匆匆略過，
而沒有變成靈感的啓動劑？我確實不知道。我僅僅有
少許懷疑。我想，那些讓作家想像出的故事的面孔、
奇聞逸事、場景、衝突的事情，恰恰就是與現實生
活、眼下這個世界相對抗的那些事情，按照我在上一
封信中的說法，這對抗性的見解可能就是小說家抱負

的根源，就是推動人們向這個現實世界進行挑戰的秘密道理，這些人運用虛構小說要進行代替這個世界的象徵性行動。

　　爲說明這一看法可以舉出大量例子，我選擇了一個法國18世紀的二流——但多產甚至有些放縱——的作家：雷蒂夫·德·拉布勒托納（Rétif de la Bretonne）[5]。我選擇他，並不是因爲他的才華——他不算才華橫溢——而是他針對現實世界明確的反叛精神，他表達自己反叛精神的方式是在虛構小說中用他自己不同見解、希望的模式建造的世界來代替現實世界。

　　在拉布勒托納的大量長篇小說中——最著名的是那部多卷本的自傳體小說《尼古拉先生》（Monsieur Nicolas），呈現出18世紀法國的農村和城市，是一個

---

　　5　雷蒂夫·德·拉布勒托納（1734-1806），法國作家。

注意描寫細節、認真觀察人群、風俗、日常習慣、勞動、節日、偏見、裝束、信仰等方面的社會學家用記錄文獻的方式寫出的；結果他的作品對於研究人員，無論是歷史學家還是人類學家，民族誌學家還是社會學家，都成了真正的寶貝；這些由充滿激情的拉布勒托納從他所處的時代礦山上採集起來的寶貝得到了充分利用。但是，當這個大量被描寫的社會、歷史現實要置入長篇小說中時，這個現實就經歷了一番徹底的改造，而正因為如此才能把它當作虛構小說來談。的確，在這個話語囉嗦的世界裡有許多事情酷似給他靈感的真實世界，男人喜歡女人不是因為她們嬌豔的容貌、纖細的腰身、苗條的身材、文雅的氣質和美妙的神韻，而最根本的在於雙腳是否美麗，或者鞋襪是否考究。拉布勒托納是個戀足癖，這個毛病在實際生活中把他變成一個具有離心傾向的人，確切地說是脫離了同代人的共性，變成了一個例外，就是說在內心深

處對現實是「持不同政見者」。這個不同政見可能是
對他發揮自己才能的最大推動力，在他的小說中處處
可見，那裡面的生活已經按照他本人的模樣一一經過
修正和改造了。在那個小說世界裡如同在現實世界裡
發生在他身上的規矩是：女性美的最基本條件，男性
最渴望的快感目標是賞心悅目的腳丫子，再引申些還
有裹在腳上的襪子和鞋子。在很少作家身上能如此清
楚地看到像這位法國多產作家那樣從自己的主觀世界
——願望、性欲、夢想、失意、憤怒等等——出發，
虛構小說所展開的改造世界的過程。

　　類似的情況在任何虛構小說家身上都有，只是
不那麼明顯和深思熟慮罷了。在小說家的生活裡，有
某種與戀足癖相似的東西，它使得小說家強烈渴望有
一個與現實生活不同的世界——一位主持正義的利他
主義者，一個只知道滿足自己最下流的色情虐待或者
被虐待欲望的自私自利的傢伙，一種富有人性和理

性、體驗冒險的渴望，一次永不枯竭的愛情——一個
感覺自己不得不去用話語編造的世界，在那裡一般用
密寫方式記下他們對現實生活以及另外一種現實的懷
疑；而他們不管是自私或是慷慨，早已經打算用這後
一種現實去代替他們接觸的現實了。

　　朋友，未來的小說家，可能現在應該談談一個
用在文學上的危險概念了：眞實性。什麼是一個真正
的作家？實際上，虛構從定義上說就是謊言——一種
非實在的偽裝現實；實際上，任何小說都是偽裝成眞
理的謊言，都是一種創造，它的說服力僅僅取決於小
說家有效使用造成藝術錯覺的技巧和類似馬戲團或者
劇場裡魔法師的戲法。那麼，既然在小說裡最眞實的
東西就是要迷惑別人，要撒謊，要製造海市蜃樓，那
在小說中談眞實性還有什麼意義？還是有意義的，不
過這種方式：眞正的小說家是那種十分溫順地服從生
活下達命令的人，他根據主題的選擇而寫作，迴避那

些不是從內心源於自己的體驗而是帶有必要性而進入
意識中的主題。小說家的眞實性或者眞誠態度就在於
此：接納來自內心的魔鬼，按照自己的實力爲魔鬼服
務。

不寫內心深處感到鼓舞和要求的東西，而是冷
冰冰地以理智的方式選擇主題或者情節的小說家，因
爲他以爲用這種方式可以獲得最大的成功，是名不副
實的作家；很可能就因爲如此，他才是個蹩腳的小說
家（哪怕他獲得了成功：正如您清楚地知道的那樣，
**暢銷書排行榜上印滿許多糟糕的小說家的名字**）。但
是，如果不是從生存本身出發、不是在把我們這些小
說家變成我們虛構作品中對生活從根本上的反抗者和
重建者的那些幽靈（魔鬼）的鼓勵和滋養下進行寫
作，我覺得很難成爲創作者，或者說對現實的改造
者。我認爲，如果接受那個外來強加的命令──根據
那個讓我們著魔、讓我們感到刺激、把我們緊緊地有

些時候甚至神秘地與我們的生活聯繫在一起的東西寫
作，可以寫得「更好」，更有信心和毅力；如果接受
那個外來強加的命令，可以有更多的裝備去開始那激
動人心、但非常艱苦、會產生沮喪和焦慮的工作，即
長篇小說創作。

　　那些躲避自己身上的魔鬼，而選擇某些主題的
作家，由於以爲那些魔鬼不夠獨特或者沒有魅力，而
這些選中的主題才是獨特和有魅力的，實在是大錯特
錯了。一個主題就其本身而言從文學的角度說從來是
不分好壞的。任何主題都可能好壞兼而有之，這不取
決於主題本身，而是主題通過形式、即文字和敘述結
構具體變化爲小說時所改變的東西。是具體化的形式
使得一個故事變得獨特或平庸、深刻或膚淺、複雜或
簡單，是形式可以讓人物變得豐滿、性格複雜、似眞
非眞，或者讓人物變成死氣沉沉的臉譜和藝人手中的
木偶。我覺得這是文學領域不多規則中的又一條不允

許例外的規則：在一部長篇小說中，主題本身沒有任何前提條件，因為主題可能是好的，也可能是壞的，可能是吸引人的，也可能是乏味的，這完全要看小說家在把主題按照某種秩序變成有組織的話語現實時的方式了。

朋友，我覺得我們今天可以打住了。

擁抱您。

第三封信》
# 說服力

親愛的朋友：

　　您說得有道理。我前兩封信，由於在文學抱負和小說家的主題來源方面的模糊假設，以及那些動物寓言——條蟲和「卡托布勒帕斯」——的原因，內容過於抽象和犯有令人討厭的不可證實的毛病。因此現在應該談一談主觀性較少、尤其與文學方面聯繫較多的事情了。

　　那咱們就談談長篇小說的形式吧，小說中最具體的東西就是形式，不管它顯得多麼怪誕，因為通過小說採取的形式，那具體的東西就具有了可感知的真實特點。但是，在起航駛入您和我喜愛並且操練的小說藝術技巧的水域之前，有必要界定一下您很明白但許多讀者並不清楚的東西：內容和形式（或者主題、風格和敘述順序）的分離是人為造成的，只有出於講解和分析的原因才能成立，實際上是絕對不會發生的，因為小說講述的內容與講述的方式不可能分開。

正是這個方式決定故事是否可信，是否動人或者可笑，是否滑稽或者悲傷。當然，可以說《白鯨記》（*Moby-Dick*）講述的是一個老海員被一條白鯨迷住的故事：在所有海域裡追捕這條鯨魚；《唐吉訶德》講述了一個半瘋癲騎士的冒險和不幸，這位騎士企圖在拉曼卻平原上再現騎士小說中的英雄事蹟。可是有哪位讀過這兩部小說的人能在「主題」的描寫中辨認出麥爾維爾（Herman Melville）[1]和賽萬提斯創造的無限豐富和精緻的世界呢？當然，爲了說明結構是如何使得故事活起來的，是可以把小說的主題與形式分割開來，條件是確保這一分割絕對不能發生，至少在優秀的小說中如此——在壞小說中可以，所以才是壞小說——優秀的小說講述的內容和方式構成一個不可摧毀的統一體。這些小說之所以優秀，正是因爲借助形

---

1　麥爾維爾（1819-91），美國小說家、詩人，《白鯨記》作者。

式所產生的效果，作品被賦予了一種不可抵抗的說服力。

　　假如還沒有讀過《變形記》(*The Metamorphosis*)之前，有人告訴您那篇小說的主題就是一個可憐的職員變成令人厭惡的甲蟲，那您有可能一面打著哈欠一面心想：立刻放棄閱讀這類愚蠢的玩意兒。可是，由於您讀過了這個卡夫卡 (Franz Kafka)[2]用魔術般的技巧講述的故事，您就毫不懷疑地「相信」《變形記》中主角的意外事件：您認可這個事情，您同他一道痛苦，您感到毀滅那個可憐人物的絕望情緒同樣使人窒息，直到隨著主角去世，被不幸的冒險攪亂的生活又恢復正常為止。您之所以相信了主角變形的故事，是因為卡夫卡能為講述這個故事找到一種方式──安排話語和緘默，揭示秘密，講述細節，組織素材和敘事

────────────

　　2　卡夫卡 (1883-1924)，布拉格出生的德語小說家。

的時間——一種讓讀者接受的方式，以便打消讀者面對類似敘事過程可能懷有的保留態度。

為了讓小說具有說服力，就必須講出故事來，以便最大限度地利用包含在事件和人物中的生活經驗，並且努力給讀者傳達一個幻想：針對現實世界應該自己當家作主。當小說中發生的一切讓我們感覺這是根據小說內部結構的運行而不是外部某個意志的強加命令發生的，我們越是覺得小說更加獨立自主，它的說服力就越大。當一部小說給我們的印象是它已經自給自足、已經從真正的現實裡解放出來、自身已經包含存在所需要的一切的時候，那它就已經擁有了最大的說服力。於是，它就能夠吸引讀者，能夠讓讀者相信講述的故事了；優秀的小說、偉大的小說似乎不是給我們講述故事，更確切地說，是用它們具有的說服力讓我們體驗和分享故事。

您一定知道布萊希特（Bertolt Brecht）[3]著名的

疏離效果理論。他認為，為了使自己準備寫出的史詩性和教化性戲劇能夠達到目的，必須在表演中運用一種技術——演員的動作、台詞、甚至舞台設計本身等方面的演出方式——一種漸漸摧毀「幻想」的技術，它提醒觀眾舞台上表演的那一切，不是生活，而是戲劇，是謊言，是表演，但應該從中吸取可以指導行動的經驗和教訓，以便改變生活。我不清楚您對布萊希特是怎麼想的。我認為他是一個偉大的作家；雖然他的劇作常常被意識型態的宣傳企圖弄得令人不快，但還是優秀的，幸虧比他的疏離效果理論有說服力。

　　小說的說服力恰恰追求相反的東西：縮短小說和現實之間的距離，在抹去二者界線的同時，努力讓讀者體驗那些謊言，彷彿那些謊言就是永恆的真理，那些幻想就是對現實最堅實、可靠的描寫。這就是偉

---

3　布萊希特（1898-1956），德國劇作家。

大小說所犯下的最大的欺騙行爲：讓我們相信世界就如同作品中講述的那樣，彷彿虛構並非虛構，而且虛構不是一個被沉重地破壞後又重建的世界，以便平息小說家那種本能——無論他本人知道與否——的弒神欲望（對現實進行再創造）。只有壞小說才具備布萊希特爲了觀眾上好他企圖通過劇作開設的政治哲學課所需要的保持距離的能力。缺乏說服力或者說服力很小的小說，無法讓我們相信講述出來的謊言中的眞實；出現在我們面前的謊言還是「謊言」，是造作，是隨心所欲但沒有生命的編造，它活動起來沉重而又笨拙，就像蹩腳藝人手中的木偶，作者牽引的細線暴露在眾目睽睽之下，讓人們看到了人物的滑稽處境，無論這些人物有什麼功蹟或者痛苦都很難打動我們，因爲是毫無自由的欺騙謊言，是被萬能主人（作者）賜予生命而操縱的傀儡，難道它們會有那些功績和痛苦嗎？

　　當然，一部虛構小說的主權不是一種現實，它還是一種虛構。確切地說，一種虛構掌握著一種形象的方式，因此一說到虛構，我總是非常小心翼翼地談到一種「主權幻想」、「一個獨立存在的印象、從現實世界裡解放出來的印象」。某人寫長篇小說這個事實，即小說不是自發產生的，都必須是從屬的，都有一條與現實世界聯繫的臍帶。但是，不僅僅因為小說有作者才與實在的生活聯繫在一起，而且還因為在編造和講述的故事中，如果小說不對讀者生活的這個世界發表看法的話，那麼讀者就會覺得小說是個太遙遠的東西，是個很難交流的東西，是個與自身經驗格格不入的裝置：那小說就會永遠沒有說服力，永遠不會迷惑讀者，不會吸引讀者，不會說服讀者接受書中的道理，使讀者體驗到講述的內容如同親身經歷一般。

　　這就是虛構小說奇特的模糊性：由於小說知道自己受現實性的奴役是不可避免的，因此希望自主；

通過大膽的技巧設想出一種充滿幻想的獨立自主品格，其空想程度如同歌劇的曲調離開了樂器，或者離開了歌喉一樣。

當形式有效時，就能創造這些奇蹟。儘管像主題和形式的問題從實際操作的角度說是一個不可分開的單位，但形式是由兩個同等重要的因素組成的，雖然這兩個因素總是纏繞在一起的，出於分析和說明的理由也是可以分離的，它們是：風格和秩序。風格當然是指敘述故事的話語和方式；秩序指的是對小說素材的組織安排，簡而言之，就是與整個小說結構的巨大支柱有關係的內容：敘述者、敘述空間和時間。

為了這封信不拉得太長，有些看法我留待下一封信再談，例如：風格、講述虛構故事的話語、決定小說生（或死）的說服力。

擁抱您。

第四封信》
# 風格

親愛的朋友：

風格是小說形式中的基本成分，雖然不能說是唯一成分。小說是由話語構成的，因此小說家選擇和組織語言的方式就成爲書中故事有無說服力的決定因素。那麼，小說語言就不能與小說講述出來的內容、用話語表現出來的主題分離開來了，因爲了解小說家在敘事活動中成敗如何的唯一辦法，就是調查虛構通過文字是否有了生命，小說是否從作者和實在的現實手中解放出來，以及是否作爲獨立自主的現實而呈現讀者面前。

這樣就要看作品的文字是否有能力，是有創造力還是死氣沉沉。或許咱們應該從去掉所謂正確的思想開始，以便緊緊圍繞風格特徵展開。風格正確與否並不重要；重要的是風格要有效力，要與它的任務相適應，這個任務就是給所講述的故事注入生命的幻想——眞實的幻想。有的小說家寫起來標準之至，完全

按照他們所處時代盛行的語法和文體規範寫作，像賽萬提斯、司湯達（Stendhal）[1]、狄更斯（Charles Dickens）[2]、馬奎茲（Gabriel Garcia Marquez）[3]，可是也有其他偉大的作家，他們破壞語法和文體規範，犯下各種各樣的語法錯誤；從學院派的角度說，他們作品的風格中充滿了不正確的東西，可是這並沒有妨礙他們成為好作家、甚至是優秀的作家，像巴爾扎克（Honoré de Balzac）[4]、喬伊斯（James Joyce）[5]、比約‧巴羅哈（Pío Baroja）[6]、路易-費迪南‧塞利納（Louis-Ferdinand Céline）[7]、胡利奧‧科塔薩爾（Julio Cortázar）[8] 和萊薩

---

1 司湯達（1783-1842），法國小說家，本名Henri Beyle。
2 狄更斯（1812-70），英國小說家。
3 馬奎茲（1928-），哥倫比亞小說家。
4 巴爾扎克（1799-1850），法國小說家。
5 喬伊斯（1882-1941），愛爾蘭小說家。
6 巴羅哈（1872-1956），西班牙小說家。
7 塞利納（1894-1961），法國作家。
8 科塔薩爾（1914-84），阿根廷作家。

瑪‧利馬（José Lezama Lima）[9]。阿索林（José Martínez Ruiz "Azorín"）[10] 是個傑出的散文大家，然而他卻是個非常令人討厭的小說家，他在關於馬德里的作品集內寫道：「文學家寫散文，正規的散文，語言純正的散文；如果散文缺乏趣味的調料、沒有快活的企圖、諷刺、傲慢和幽默，那就一錢不值。」[11]這是個正確的看法：文體的正確性就自身而言絲毫不構成小說寫作的正確或者謬誤的前提條件。

那麼，小說語言是否有效到底取決於什麼？取決於兩個特性：內部的凝聚力和必要性。小說講述的故事可以是不連貫的，但塑造故事的語言必須是連貫的，為的是讓前者的不連貫可以成功地偽裝成名副其實的樣子並且有生命力。一個典型例子就是喬伊斯的

---

9　萊薩瑪‧利馬（1910-76），古巴作家。

10　阿索林（1873-1967），西班牙散文家、小說家。

11　阿索林，《馬德里》，p.63，馬德里，1941。

《尤利西斯》（*Ulysses*）結尾莫莉‧布盧姆（Molly Bloom）的內心獨白，混亂的意識流中充滿了回憶、感覺、思考、激情，其令人著迷的魅力之處在於曲折的不連貫的表面敘事行文，以及在這笨拙無序的外表下面保持的一種嚴密的連貫性，一種這段內心獨白文字絲毫不離開的規章、原則體系或者模式指揮的結構。這是對一個流動意識的準確描寫嗎？不是。這是一種文學創作，其說服力是如此強大，讓我們覺得好像是在複製莫莉的意識漫步，而實際上是在創作。

科塔薩爾晚年自負地說自己「越寫越糟」。其意思是說，爲了表達長、短篇小說中渴望的東西，他覺得不能不去尋找越來越不大服從形式規則的表達形式，不能不向語言特徵挑戰和極力把節奏、準則、辭彙、畸變強加到語言，爲的是他的作品可以用更多的可信性表現他創作中的人物和事件。實際上，正是由於科塔薩爾的寫法如此「糟糕」，他寫的效果才那麼

出色。他的行文明白而流暢，巧妙地偽裝成口語，非常靈活地攙入和吸收口語中的俏皮話和裝腔作勢的用詞，當然也少不了阿根廷方言，但也有法語語彙；同時，他還編造詞語，由於非常聰明和悅耳，所以在上下文中並不走調，反之，有了這些阿索林要求優秀小說家具備的「調味品」，就更豐富了表達方式。

一個故事的可信性（說服力）並不僅僅取決於前面所說的風格連貫性——敘述技巧所起的作用絲毫不差。但是如果沒有這一連貫性，那可信性要麼不存在，要麼變得很小。

一種風格可能讓人感到不愉快，但是通過連貫性，這種風格就有了效果。例如，塞利納的情況就是如此。我不知道您覺得如何，但是對於我來說，他那些短小和口吃的句子，充滿省略號，夾雜著叫嚷和黑話，讓我的神經無法忍受。儘管如此，我可以毫不猶豫地說《長夜行》（*Journey to the End of the Night*），

還有《緩期死亡》（*Death on the Installment Plan*），雖
然後者不那麼顯豁，它們都是有極強說服力的長篇小
說，它們那骯髒下流和古怪離奇的傾訴，讓我們著
迷，粉碎了我們可能有意反對他而準備的美學和倫理
學思想。

類似的情況也發生在阿萊霍‧卡彭鐵爾（Alejo
Carpentier）[12] 身上，毫無疑問，卡彭鐵爾是西班牙語
世界偉大的小說家之一，可是如果不考慮那幾部長篇
小說（我知道二者不能分開，但是為了說清楚我涉及
的問題，我還是把它們分開了），他的散文與我欣賞
的風格截然相反。我一點也不喜歡他的生硬、墨守成
規和千篇一律，這時刻讓我聯想起他是通過仔細地翻
檢詞典來造句的，讓我聯想起17世紀的巴洛克作家對
古語和技巧的懷古激情。儘管如此，這樣的文風在

---

12　阿萊霍‧卡彭鐵爾（1904-80），古巴小說家、散文家。

《人間王國》（*The Kingdom of This World*）——我反覆閱讀過三遍的絕對傑作——講述迪‧諾埃爾和亨利‧克里斯托夫的故事時，卻有著一種感染和征服人的力量，它打消了我的保留和反感，讓我感到眼花撩亂，毫不懷疑地相信他講述的一切。卡彭鐵爾這種古板和僵硬的風格怎麼會具有如此巨大的魅力呢？這是通過他的作品中緊密的連貫性和傳達給我們需要閱讀的感覺，即那個讓讀者感到非用這樣的話語、句子和節奏才能敘述那個故事的信念辦到的。

　　如果談一談風格的連貫性還不算太困難的話，那麼說一說必要性，這對於小說語言具有說服力是必不可少的，就困難的多了。可能描寫這一必要性的最佳方法是從其反面入手爲好，即給我們講述故事時失敗的風格，因爲它使得讀者與故事保持了一定距離並且讓讀者保持清醒的意識，也就是說，讀者意識到他在閱讀別人的東西，既不體驗也不分享書中人物的生

活。當讀者感覺到小說家在寫作故事時不能彌合內容
與語言之間的鴻溝時，那這種風格上的失敗是很容易
被察覺的。一個故事的語言和這個故事的內容之間的
分岔或者平分秋色，會消滅說服力。讀者之所以不相
信講述的內容，是因為那種風格的笨拙和不當使他意
識到：語言和內容之間有一種不可逾越的停頓，有一
個空隙；一切矯揉造作和隨心所欲都趁虛而入，凌駕
於小說之上，而只有成功的虛構才能抹去這些人工的
痕跡，讓這些痕跡不露出來。

　　這類風格之所以失敗，是因為我們沒有感覺到
它有存在的必要；恰恰相反，在閱讀這類作品時，我
們發覺如果用別的方式講述、用另外的語言道出這些
故事，效果可能會好一些（這在文學上說，就是意味
著有說服力）。在閱讀博爾赫斯的故事、福克納的長
篇小說和伊薩克·迪南森（Isak Dinesen）[13] 的閒話
時，我們從來沒有產生過這種內容和語言分岔的感

覺。這幾位作家的風格，雖然各不相同，卻能夠說服我們，因爲在他們的風格裡，語言、人物和事物構成一個不可分割的統一體，即我們絲毫不會想像到可能產生分裂的東西。我說的一部創造性的作品的必要性時，就是指的「內容」和「形式」的完美統一。

　　這些大作家的語言必要性卻相反在他們的追隨者身上顯示爲造作和虛假。博爾赫斯是西班牙語世界最具獨創性的散文大師，可能是20世紀西班牙語世界最偉大的散文家。他產生了巨大的影響，如果允許的話，我敢說這是不祥的影響。博爾赫斯的風格是不可能混淆的，它具有驚人的功能，足能將他那充滿意念、新奇事物、高雅心智和抽象理論的世界賦予生命和信譽；各種哲學思想體系、各類神學探索、神話、文學象徵、思考和推測，以及特別是從文學角度審視

---

13　伊薩克・迪南森（1885-1962），丹麥女作家。

的世界歷史，構成他編造故事的原料。博爾赫斯的風格與他那不可分割的合金式題材水乳交融、形成一體；讀者從閱讀他短篇小說的第一行起、從閱讀他那具有真正虛構特點的創造才能和自主意識的散文的第一行開始，就感覺到這些內容只能用這種方式講述，只能用他那睿智、諷刺、數學般準確的──一字不多，一字不少──冷峻高雅、貴族式的狂妄的語言講述出來；讀者還會感覺到他把智力和知識置於激情和感覺之上，他用廣博的知識做遊戲，顯示一種技巧，避開任何形式的多愁善感，漠視肉體和情欲（或者遠遠地瞥上一眼，好像肉體和情欲是人類生存中最低級的表現），借助精明的諷刺使作品變得有人情味，而諷刺是可以減輕論證的複雜性的清風，可以減輕那些思想迷宮或者巴洛克結構的複雜性，而這些巴洛克結構幾乎經常是博爾赫斯的故事主題。這一風格的特色與迷人之處尤其表現在修辭的形容詞化上，以其大

膽、古怪的用詞（「沒有人看到他踏入那一致的夜晚」），以其強烈和不容置疑的隱喻，即那些除去完善一個想法或者突出一個人物肉體和心理片斷之外往往足以創造博爾赫斯氣氛的形容詞或者副詞，來以此震撼讀者。而恰恰由於這一必要性，博爾赫斯的風格才是不可模仿的。當博爾赫斯的傾慕者和追隨者從他那裡借來使用形容詞的方法、不禮貌的驚人之語、嘲諷和裝腔作勢的時候，這些修辭的聲音發出種種不和諧的尖叫，如同那粗製濫造的假髮不能準確地覆蓋頭頂、讓不幸的頭顱露出一片荒涼一樣。由於博爾赫斯是一位驚人的創造大師，因此留給「小博爾赫斯們」的就只有憤怒和煩惱了，在這些模仿者身上因為缺乏行文的需要，儘管他們十分喜愛博爾赫斯身上的獨創性、真實性、美和刺激，結果他們自己卻變得滑稽可笑、醜陋和虛偽。（真誠或者虛偽在文學領域不是道德問題，而是美學問題。）

　　類似事情也發生在我們西班牙語世界另外一位
文學大師馬奎茲身上。與博爾赫斯的風格不同，他不
講究樸實無華，而是追求豐富多彩，沒有智慧化的特
色，是具有感官和快感的特點；他因爲語言地道和純
正而屬於古典血統，但是並不僵化，也不好用古語，
而是更善於吸收民間成語、諺語以及使用新詞和外來
詞；他注重豐富的音樂感和思想的明快，拒絕複雜化
或者思想上的模稜兩可。熱情、有味道、充滿音樂
感、調動全部感覺器官和身體的欲望，這一切都在他
的風格中自然而然、毫不矯揉造作地表現出來；他自
由地散發出想像的光輝，無拘無束地追求奇特的效
果。當我們閱讀《百年孤寂》（*One Hundred Years of
Solitude*）或者《愛在瘟疫蔓延時》（*Love in the Time
of Cholera*）時，一股強大的說服力壓倒了我們：只
有用這樣的語言、這樣的情緒和節奏講述，故事才能
令人可信、才具有眞實性、才有魅力、才能令人感

動；反之，如果撇開這樣的語言，就不能像現在這樣讓我們著迷，因為這些故事就是講述這些故事的語言。

　　實際上，這樣的語言就是講述的故事；因此，當別的作家借用這種風格時，運作的結果是文學變得虛假和滑稽可笑。繼博爾赫斯之後，馬奎茲成為西班牙語世界被模仿最多的作家；雖然有些弟子獲得成功，就是說擁有眾多的讀者，但不管他們是多麼善於學習，其作品都不如馬奎茲那樣具有鮮活的生命力，而且那奴婢的特徵、牽強的態度，都是顯而易見的。文學純粹是一門技藝，但是優秀的文學能夠成功地掩飾這一技藝特點，而平庸的文學往往暴露這一特點。

　　儘管我覺得有了上述的看法，而且我已經道出了關於風格所知道的一切，鑒於您信中強烈要求我提出實際的建議，那麼我就說一點吧：既然沒有一個連貫而且必需的風格就不可能成為小說家，可您又很想

當作家，那麼就探索和尋找您自己的風格吧。多多讀書，因爲如果不閱讀大量優美的文學作品就不可能掌握豐富流暢的語言；在衡量自己力量的同時，雖然這並不容易，請不要模仿您最欽佩並且教會您熱愛文學的那些小說家的風格。可以學習他們的其他方面：對文學的投入，刻苦勤奮，某些癖好；如果您覺得他們的信念合乎自己的標準，那就可以接受。但是，請您千萬避免機械地複製他們作品中的形象和風格，因爲假如您不能創造自己的風格、即最適合您要講述的內容的風格，那麼您的故事就很難具有使故事變得生動的說服力。

　　探索和尋找自己的風格是可能的。請您讀一讀福克納的第一和第二部長篇小說吧。您會看到從平庸的《蚊群》（*Mosquitoes*）到出色的《墳墓裡的旗幟》（*Flags in the Dust*），即《沙多里斯》（*Sartoris*）的初稿，這位美國南方作家逐漸找到了他的風格，找到了

那種迷宮般、莊嚴的、介於宗教、神話和史詩間可以賦予「約克納帕塔法世系」（Yoknapatawpha）生命的語言。福樓拜也是從他的《聖安東的誘惑》，一部浪漫抒情、急風暴雨、摧枯拉朽的散文到《包法利夫人》之間找到了自己的風格；在《包法利夫人》，從前那種文體上的衝動受到了最嚴厲的清洗，從前作品中大量抒情和激動的情感受到了無情的鎮壓，為的是尋找「真實的幻想」；經過五年超乎想像的艱苦勞動之後，果然以無可比擬的方式寫出了他第一部傳世之作。我不知道您是否知道福樓拜關於風格有一句名言：用詞準確。「準確」這個詞就是只能用這個詞才能完整地表達思想。作家的責任就是要找到這個詞。那他怎麼知道什麼時候找到了這個詞呢？耳朵會告訴他：聽起來悅耳的時候，用詞就是準確的。形式和內容——語言和思想——的完美結合，可以轉化為音樂上的和諧。因此，福樓拜常常把寫出來的所有句子都

經過一番「尖叫」或者「大吼」的考驗。他經常走到
一條至今尚存的他曾居住在克魯瓦塞別墅時的椴樹林
蔭道上高聲朗誦他的作品，這條路被稱爲：狂吼的林
蔭道。他在那裡放開喉嚨大聲地朗讀他寫出來的東
西，讓耳朵告訴他用詞是否準確，或者應該繼續尋找
字句，他狂熱而頑強地追求藝術的完美，不達目的決
不甘休。

　　魯文‧達里奧（Rubén Darío）[14] 的那句詩，「一
種找不到我風格的形式」，您還記得嗎？這句話長期
以來讓我感到困惑，因爲風格和形式難道不是一回事
嗎？既然已經有了一種形式，怎麼還能尋找它呢？如
今我明白：這是可能的，因爲正如我在前一封信中說
的那樣，文字僅僅是文學形式的一個方面。另外一個
方面，是技巧，也非常重要，因爲僅有語言還不足以

---

14　魯文‧達里奧（1867-1916），尼加拉瓜詩人。

講出好的故事來。可這封信實在太長了；謹慎的辦法
是把這個話題留到以後再說吧。

　　擁抱您。

第五封信 》

# 敘述者和敘述空間

親愛的朋友：

我很高興您鼓勵我談談長篇小說的結構，即那個手工藝問題：作爲一個和諧又充滿活力的整體，這個手工藝支撐著讓我們眼花撩亂的虛構故事，其說服力又是如此巨大，以至覺得它們是獨立自主、自然發生、自給自足的產物。但是，我們已經知道它們僅僅是表面上如此而已。實際可不是這樣，它們已經成功地通過文字和編造故事的嫻熟技巧形成了魔術，並把那種幻覺傳染到我們身上。前面我們已經談過了敘事風格。現在應該考慮一下與組織構成長篇小說素材、小說家爲賦予編造的內容以感染力所使用的技巧的有關問題了。

準備寫故事的人應該面對的種種問題或者挑戰，按照順序可以分爲四大類：

一、　敘述者

二、　空間

三、 時間

四、 現實的水平

也就是說，這涉及到講述故事的人，涉及到出現在整個小說中緊密聯繫在一起的三個視角。一部虛構的小說能否令人震驚、感動、興奮或者討厭，如同取決於風格是否有效一樣，也取決於對這三個角度的選擇和把握。

我想今天我們先談談敘述者吧，敘述者是任何長篇小說（毫無例外）中最重要的人物，在某種程度上，其他人物都要取決於他的存在。但是，首先應該消除一種誤解：經常有人把講述故事的敘述者與寫作故事的人混爲一談。這是個極大的錯誤，甚至有許多小說家犯有此病，他們因爲決定用第一人稱來講述故事並且由於明顯使用了自傳作爲題材，便認爲自己是虛構小說的敘述者。這是錯誤的。敘述者是用話語製作出來的實體，而不是像作者那樣通常是個有血有肉

的活人；敘述者是爲講述的長篇小說的運轉而存在的，在他講述故事的同時（虛構的界限就是他存在的天地），小說作者的生活更爲豐富多彩，先於小說的寫作而存在，小說完成後繼續存在；甚至在作者寫小說時，也不會把自己的生活完全吸收進去。

敘述者永遠是個編造出來的人物，是個虛構出來的角色，與敘述者「講述」出來的其他人物是一樣的，但他比其他人物重要，因爲其他人物能否讓我們接受他們的道理、讓我們覺得他們是玩偶或者滑稽角色就取決於敘述者的行爲方式──或表現或隱藏，或急或慢，或明說或回避，或饒舌或節制，或嬉戲或嚴肅。敘述者的行爲對於一個故事內部的連貫性是具有決定意義的，而連貫性則是故事具有說服力的關鍵因素。

小說作者應該解決的第一個問題是：「誰來講故事？」這看上去似乎有不計其數的可能性，但就一

般情況而言，實際上可以歸納爲三種選擇：一個由書中人物來充當的敘述者，一個置身於故事之外、無所不知的敘述者，一個不清楚是從故事天地內部還是外部講述故事的敘述者。前兩種是具有古老傳統的敘述者；第三種反之，出現時間不久，是現代小說的一種產物。

爲查明作者的選擇，只要驗證一下故事是用語法的哪一個人稱敘述的即可：是第三人稱、第一人稱，還是第二人稱。敘述者說話的語法人稱表明了他在敘事空間中的位置。如果他用我來敘述（用我們的情況很少，但也不是不可能，想想聖埃克絮佩里〔Antoine de Saint-Exupery〕[1]的《要塞》〔*Citadelle*〕，或者斯坦貝克〔John Steinbeck〕[2]的《憤怒的葡萄》〔*The Grapes of Wrath*〕中的許多章節），那麼他就是

---

1　聖埃克絮佩里（1900-44），法國小説家。
2　斯坦貝克（1902-68），美國小説家。

在空間之內，不斷地與故事中的人物交往。假如他用第三人稱他來敘述，那他就在敘事空間之外，如同在許多古典小說中發生的那樣，他是個無所不知的敘述者，他模仿萬能的上帝，可以看到萬物的一切，即敘事天地中無限大和無限小的一切，但他並不屬於這個敘事世界，而是從外部向我們展示這個世界，自寰宇鳥瞰人間。

　　用第二人稱的敘述者處於空間的哪一個部分？比如，蜜雪兒・布托（Michel Butor）[3] 的《時間的運用》（*Passing Time*）、卡洛斯・富恩特斯（Carlos Fuentes）[4] 的《清風》（*Aura*）、胡安・戈伊迪索羅（Juan Goytisolo）[5] 的《無地的胡安》（*Juan the Landless*）、米蓋爾・德里維斯（Miguel Delibes）[6] 的

---

3　蜜雪兒・布托（1926-），法國小說家、批評家。
4　卡洛斯・富恩特斯（1928-），墨西哥小說家。
5　胡安・戈伊迪索羅（1931-），西班牙小說家。

《與馬里奧在一起的五個小時》（*Five Hours with Mario*）以及曼努埃爾·瓦斯蓋斯·蒙塔爾萬（Manuel Vázquez Montalbán）[7] 的《卡林德斯》（*Galíndez*）。這沒有辦法事先知道，只能根據第二人稱所處的位置。但是，這個你也有可能是一個無所不知的敘述者，置身於敘事世界之外，發號施令，指揮故事的展開，於是事情就會按照他那專制的意志和上帝才享有的無限權力發生。但也有可能出現這樣的情形：這個敘述者是一種分裂出來的意識。他以你為藉口，自言自語，是個有些精神分裂的人物──敘述者，雖然已經捲入情節，卻通過精神分裂症的樣子裝作與讀者保持一致（有時是與他自己保持一致）。在用第二人稱講述故事的長篇小說裡，沒有辦法準確地

---

6　米蓋爾·德里維斯（1920-），西班牙小說家。

7　曼努埃爾·瓦斯蓋斯·蒙塔爾萬（1939-），西班牙小說家。

知道誰是敘述者，只有通過小說內部的說明才能推測出來。

我們把任何小說中存在的敘述者占據的空間與敘事空間之間的關係稱之為**空間視角**，我們假設它是敘述者根據語法人稱確定的。那麼有以下三種可能性：

一、人物兼敘述者，用第一人稱講述故事，敘述者空間和敘述空間混淆在一個視角裡；

二、無所不知的敘述者，用第三人稱講述故事，占據的空間區別並獨立於故事發生的空間；

三、含糊不清的敘述者，隱藏在語法第二人稱的背後，你可能是無所不知和高高在上的敘述者的聲音，他從敘事空間之外神氣地命令小說事件的發生；或者他是人物兼敘述者的聲音，捲入情節中，由於膽怯、狡詐、精神分裂或者純粹隨心所欲，在對讀者說話的同時，大發神經，自言自語。

　　我猜想，經過上述這番簡化之後，您會覺得空間視角是非常清楚的，是只要匆匆掃過小說的前幾行之後就可以確定的東西。如果我們就停留在這樣抽象的泛論之中的話，事情的確如此；但是當我們接觸具體問題、個別情況時，我們會發現：在那個簡化的框架之中，還存放著各種各樣的變化，這樣就使得每個作家選擇好一個講述自己故事的空間視角之後，可以擁有一片發明、創造、改革、調整的廣闊天地，即發揮獨創與自由的空白。

　　您還記得《唐吉訶德》的開頭嗎？可以肯定您是記得的，因為它是我們腦海中最值得記憶的小說開頭之一：「在拉曼卻地區的某個村鎮，地名我就不想提了……」按照上面的分類，毫無疑問，小說的敘述者定位在第一人稱，是從我說起的，因此這是個人物兼敘述者，其空間就在故事本身。但是，我們很快就發現這個敘述者雖然不時地像在第一句話那樣插話並

且用第一人稱來說話，可是他根本不是人物兼敘述者，而是一個可與上帝匹敵的典型的無所不知的敘述者，因爲他從一個包羅萬象的外部視角給我們講述故事，彷彿是從外界、從他的角度在說話。實際上，他是用他來敘事，只有少數場合例外，比如開頭那樣，他變成了第一人稱，用一種愛出風頭、分散人們注意力的我的神情站在讀者面前講話（因爲他在一個他並不參與其間的故事裡突然出現，是個免費的節目，是故意分散讀者對故事裡發生事件的注意）。這種空間視角的變化或者跳躍——從我跳到他，從一個無所不知的敘述者跳到人物兼敘述者身上，或者向相反方向的跳躍——改變著視角，改變著敘事內容的距離，這可以有道理，也可以沒有道理。如果沒有道理，如果通過這些空間視角的變化，我們只是看了一場敘述者無所不知的廉價炫耀，那麼這造成的不連貫性就可能破壞幻覺，從而削弱故事的說服力。

　　但是，這會讓我們產生敘述者享受著變化無常的命運的想法，還會讓我們想到：敘述者有可能經受種種變化，不斷地通過語法人稱的跳躍改變著展開敘事內容的視角。

　　現在我們來看一些這類變化無常的有趣事例、一些敘述者改變或者調整空間視角的例證。您肯定會記得《白鯨記》的開頭，這是世界小說中又一個令人震動的開頭：「叫我以實瑪利好了。」（*Call me Ishmael*）真是非同尋常的開頭，對嗎？麥爾維爾就用了三個英語單詞成功地在我們心中留下了一份關於這個神秘的人物兼敘述者的強烈好奇，他的身分隱藏不露，甚至是否真的叫以實瑪利都不能肯定。這個空間視角當然是確定無疑的。以實瑪利用第一人稱講話，他是故事中的又一個人物，雖然不是最重要的——狂熱而自以為才能過人的船長亞哈才是最重要的人物，或許他的敵人，那條時而神秘隱藏、時而出現，

讓他著迷地四處追捕的白鯨才是最重要的人物，但是，以實瑪利卻是一個見證，是故事中大部分冒險活動的參加者（他沒有參與的活動，也都是親耳聽到的，然後再轉述給讀者聽）。作者在展開整個故事的過程中，是嚴格遵守這個空間視角規定的，直到最後的情節前為止。在此之前空間視角的連貫性是始終如一的，因為以實瑪利僅僅講述（也是僅僅知道）他通過自己親身體驗所了解的故事經過，這樣的連貫性加強了小說的說服力。但是，到了最後，正如所記得的那樣，那可怕的大災難發生了：魔鬼般的白鯨消滅了亞哈船長和「裴廓德號」船上的全體成員。從客觀的角度看，按照故事內在連貫性的名義說，合乎邏輯的結論似乎應該是以實瑪利也同他那些冒險的夥伴一道葬身海底了。但是，假如這個合乎邏輯的故事發展得到承認的話，那怎麼可能還有一個死於故事之中的人物來給我們講故事聽呢？為了避免出現這樣的不連貫

性和不把《白鯨記》變成一個幻想故事、其敘述者可
能從陰間給我們講故事，麥爾維爾（奇蹟般地）讓以
實瑪利死裡逃生，此事我們是從故事後面的附言中得
知的。這個附言可不是以實瑪利本人寫的，而是一位
身居敘事世界之外的無所不知的敘述者所寫的。因為
這時在《白鯨記》的最後幾頁出現了空間變化，出現
了一個從人物兼敘述者的視角（其空間是講述的故事
空間）向另一個無所不知的敘述者的跳躍，後者占據
了一個比敘事空間更大的不同空間（因為這個無所不
知的敘述者從這個更大的空間裡去觀察和描寫前一個
敘事空間）。

　　如果再說一些前面您可能已經看出來的東西，
那就有些多餘了：敘述者的變化在小說中並不少見。
恰恰相反，小說由兩個或者兩個以上的敘述者講述出
來是很正常的事情（雖然我們不能輕易地分辨出
來），敘述者之間如同接力賽一樣一個把下一個揭露

出來，以便把故事講下去。

　　現在我腦海裡出現的敘述者這種接力賽——空間變化——的最生動的例子，就是福克納的長篇小說《我彌留之際》（*As I Lay Dying*），它講述了本德倫（Bundren）一家為埋葬老母艾迪・本德倫而走過南方神話般的土地的故事，老人家生前希望在她去世後屍骨能夠安葬在出生之地。這趟遠行具有《聖經》和史詩般的特徵，因為老人的遺體在南方炎炎烈日照射下正在腐爛，可是全家毫無畏懼地繼續前進，因為福克納筆下的人物經常閃爍的狂熱信念一直在鼓舞著他們。您還記得小說的內容是怎樣講述出來的嗎？或者更確切地說是由誰講述出來的嗎？是由許多敘述者講出來的；本德倫一家的每個家人。小說中的故事經過他們每人的意識流淌出來，同時確定了多元的遊歷視角。這個敘述者無論在什麼情況下都是一個人物兼敘述者，因為他參加了情節活動，置身於敘事空間之

中。但即使空間視角在這個意義上始終保持不變，這個敘述者的身分也在從一個人物變到另一個人物身上，甚至在這種情況下，空間視角的變化也僅僅是從一個人物那裡跳出來到另外一個人物身上，而並沒有脫離敘事空間──不像《白鯨記》或者《唐吉訶德》那樣。

如果這些變化是有道理可言的，它們就會賦予作品更豐富的內容、更多的靈性和經驗，這些變化的結果就會變得讓讀者看不見，因為讀者被故事所喚起的亢奮和好奇俘虜了。反之，假如變化產生不了這樣的效果，結果是相反的：這些技術手段暴露無餘，因此會讓我們覺得造作和專斷，是一些剝奪了故事人物自然和真實的拘束服。但是，無論《白鯨記》還是《唐吉訶德》都不屬於這種情況。

美妙的《包法利夫人》也不屬於這種情況，它是小說中的另外一座豐碑，我們可以看到那裡面也有

極有趣的空間變化。您還記得開頭嗎？「我們正上自習，校長進來了，後面跟著一個沒有穿制服的新生和一個端著一張大書桌的校工。」敘述者是誰？誰在用這個我們說話？我們一直都不清楚。唯一明白無誤的是：這是一個人物兼敘述者，其空間就是敘事內容的空間，是對講述內容的現場目擊者，因為講述的口氣是第一人稱的複數。由於是用我們來說話的，就不能排除這是個集體性的人物，可能就是小包法利加入的全班同學。（如果您允許我在福樓拜這個巨人身旁舉出一個矮子為例，那麼我講過一個《幼崽們》〔*The Cubs*〕的故事，用的是一個集體人物兼敘述者的空間視角，這個集體人物就是主角比丘利達・圭亞爾所住街道的朋友。）但是，也有可能是指一個學生，他可能出於謹慎、謙虛或者膽怯便使用了我們這個人稱。可是接下來，這個視角僅僅保持了幾頁，其中我們聽到有兩三次是使用第一人稱的，給我們講述了一

個顯然是作爲見證者的身分目擊的故事。但是，有那麼難以確定的片刻瞬間——這個詭計中有另外的技術壯舉，講述的聲音不再用人物兼敘述者的口氣了，而改用一個無所不知的敘述者的聲音，他跳到故事之外，置身一個與故事不同的空間，不再用我們說話，而是用語法上的第三人稱他來講話。在這種情況下，變化的是視角：起初，視角是一個人物；後來，換成了一個無所不知、藏而不露的上帝式敘述者，他知道一切，看得到一切，可以講述一切，但從來不表現自己，也不提自己。這一新視角受到嚴格遵守，一直堅持到小說的結尾。

福樓拜在一些書信裡闡明了一整套小說理論，他堅持主張敘述者應該深藏不露，他認爲我們所說的虛構小說的獨立主張，取決於讀者是否能夠忘記他閱讀的東西是由別人講述的；還取決於讀者對於眼皮底下先於小說而必須發生的一切是否有印象。爲了做到

這個無所不知的敘述者可以深藏不露，福樓拜創造和
完善了各種技巧，其中第一個就是讓敘述者保持中立
和冷漠。這個敘述者只限於講述故事，而不能就故事
本身發表意見。議論、闡釋和評判都是敘述者對故事
的干涉，都是區別構成小說現實表現的不同姿態（空
間和現實），這會破壞小說自主獨立的理想，因為這
會暴露出它依附某人、某物、游離於故事之外的偶發
性和派生性。福樓拜關於敘述者保持「客觀性」的理
論，是以敘述者深藏不露為代價的，長期以來為現代
小說家所遵循（許多人是不知不覺就照辦了），因此
說福樓拜是現代小說的開創者並不誇張，因為他在現
代小說和浪漫與古典小說之間劃出了一條技術界線。

　　當然，這並不是說由於浪漫和古典小說中敘述
者露面較多、有時過多就讓我們覺得有瑕疵、不連
貫、缺乏說服力。絕非如此。這僅僅意味著，我們在
閱讀狄更斯、雨果（Victor Hugo）[8]、伏爾泰（Voltaire）[9]、

丹尼爾・笛福（Daniel Defoe）[10]和薩克雷（William Makepeace Thackeray）[11] 的小說時，必須把自己重新調整爲讀者，去適應不同於我們已經習慣的現代小說的場面。

　　這個區別尤其與那個無所不知的敘述者在前者和後者的不同行爲方式有很大關係。在現代小說中，這個無所不知的敘述者經常是隱而不露的，或者至少是很謹愼的；而在浪漫小說中，他的形象非常突出，有時在給我們講述故事的同時就旁若無人，彷彿在作自我介紹，有時甚至利用講述的內容作藉口而過分地表現自己。

　　難道在《悲慘世界》（*Les Miserables*）這部19世紀的偉大小說中發生的事情不是如此嗎？它是那個小

---

8　雨果（1802-85），法國詩人和小說家。

9　伏爾泰（1694 - 1778），法國作家和哲學家

10　丹尼爾・笛福（1660-1731），英國小說家。

11　薩克雷（1811-63），英國小說家。

說百年輝煌敘事文學創作中最雄心勃勃的作品之一，是一個雨果在長達近30年所體驗的所處時代社會、政治、文化最寶貴經驗積累而成的故事（30年數易其稿）。可以毫不誇張地說，《悲慘世界》是敘述者——無所不知的——自我表現和自我欣賞的驚人表演；從技巧上說，他游離於敘事世界之外，高居一個外部空間，與冉阿讓、本沃尼大主教、沙威、馬利尤斯、珂賽特以及整個豐富多彩的小說群體的生活演變、相遇和分離的空間完全不同。實際上，這位敘述者出現在故事中的次數多於人物本身；因為，由於他具有一種無節制的狂妄個性，具有一種難以克制的妄自尊大，就在向我們展示故事的同時，不能不時時刻刻地要表現自己；他經常中斷故事情節的發展，有時從第三人稱跳到第一人稱，為的是對發生的事件表示意見，用權威的口氣評論哲學、歷史、倫理、宗教問題，評判書中的人物；或用不准上訴的判決處以極刑，或者對

人物的公民意識和崇高精神大加頌揚，甚至捧到天上
（這位上帝式的敘述者此處用這個神聖的稱謂最準確
不過）。不僅不停地向我們證明他的存在，證明他對
這個敘事世界的從屬性質，而且還面對讀者展示他的
信仰和理論、個人的好惡，根本不加掩飾、毫不謹小
慎微，這樣有豐富經驗、有高超技巧的小說家也讓敘
述者如此橫加干涉，那有可能把作品的說服力徹底摧
毀。這類無所不知的敘述者的干涉有可能成為文體評
論家所說的「結構破裂」，即出現破壞理想、完全打
破讀者對故事信任的不連貫性和不一致性。但是，並
沒有發生這樣的事情。為什麼？因為現代讀者很快就
適應了這類干涉，覺得這類干涉是敘述體系不可分割
的一部分，是虛構小說的一部分，其特性實際上是由
兩個緊密混合在一起的故事組成的，這兩個故事彼此
不能分離：一個是人物兼敘述者的故事──從冉阿讓
在本沃尼大主教家中盜竊燭台為開端，以40年後這個

前苦役犯經過用自己畢生的犧牲和美德而獲得了聖徒的稱號、手握當年那些燭台進入永生為結束；另一個是敘述者本人的故事，他機智的講話、感慨、思考、見解、創見、訓誡，構成了精神思路，成為敘述內容的思想、哲學、道德背景。

假如我們也模仿《悲慘世界》這位自我欣賞、隨心所欲的敘述者，在這裡停頓片刻，可否對上述敘述者、空間視角和敘事空間來一番總結呢？我想這個停頓不會無用的，因為如果這一切還沒有弄明白，那我很擔心下一步針對您的興趣、意見和問題，我要說的話會不會給您造成困惑、甚至無法理解（一進入關於小說形式的熱門話題，就很難打斷我的思路了）。

為了用文字講述一個故事，任何一個小說家都要編造一個敘述者才行，因為這個敘述者是作者在作品中的全權代表。小說是虛構的，這個敘述者同樣也是虛構的，因為他如同作品中的其他要講述的人物一

樣，也是用話語編造出來的，他僅僅是為著這部小說才生存的。敘述者這個人物，可以置身於故事之內、之外或者模糊不定的位置，這根據敘述的第一、第三，還是第二人稱而定。人稱的選擇可不是沒有根據的：這要看敘述者面對敘事內容所占據的空間，將根據對講述內容的了解和距離而變化。顯而易見，一個人物兼敘述者知道（因此也包括描寫和講述）的東西不可能比他經驗範圍之內的還要多；與此同時，一個無所不知的敘述者則可能了解一切並且無處不在。選擇這樣或者那樣的視角，就意味著選擇一些具體規格，敘述者在講故事的時候是必須遵守的，假如不遵守，那這些規格就會對作品的說服力產生破壞性的後果。與此同時，作品的說服力是否能發揮作用、敘事內容是否讓我們感到逼真、感到那優秀小說中巨大謊言中包含著「真實」，在很大程度上取決於是否遵守空間視角的界限。

　　強調一下小說家在創造自己的敘述者時享有絕
對自由，是極爲重要的；簡單地說，這意味著區分三
類可能的敘述者時要考慮他們面對敘事世界所占據的
空間，這絕對不意味著空間位置的選擇是以犧牲敘述
者的特點和個性爲代價的。絕對不是。通過前面少數
例證，我們看到了這些無所不知的敘述者、全能的上
帝、福樓拜或者雨果小說中的敘述者相互有多麼的不
同，那就更不要說人物兼敘述者的情況了，其人物特
點可能變化無窮，如同一部虛構小說中的人物一樣。

　　我們還看到了或許在一開始我就應該提到的內
容，之所以沒有談及是爲了闡述明白的緣故，但我可
以肯定，您早已經知道這個內容了，因爲這封信自然
會散發出我所舉的這些例子的資訊。這個內容就是：
一部長篇小說只有一個敘述者的情況是很少見的，幾
乎是不可能的。通常的情況是：小說總有幾個敘述
者，他們從不同的角度輪流給我們講故事，有時從同

一個空間視角講述（從人物兼敘述者的視角，例如
《塞萊斯蒂娜》〔*La Celestina*〕或者《我彌留之際》，
這兩部作品都有劇本的形式），或者通過變化從一個
視角跳到另外一個視角，比如賽萬提斯、福樓拜和麥
爾維爾的例子。

關於長篇小說中敘述者的空間視角和空間變化
的問題，我們還能再多談一點。假如我們拿起放大鏡
冷靜注視的話（當然這是一種令人不能容忍、無法接
受的閱讀長篇小說的方式），就會發現：實際上，敘
述者這些空間變化不單單普遍而且在漫長的敘事過程
中發生，如同爲說明這個話題我所舉出的例子那樣；
而且可以變化得快速而且短暫，三言兩語中就發生了
敘述者細微而難以捕捉的空間移動。

比如，在任何不加旁白說明的人物中，都有一
個空間變化，都改換一個敘述者。如果在一部以佩德
羅和馬利亞爲主角的長篇小說中，這時故事是由一位

無所不知、遠離故事之外的敘述者講述的，突然之間插入這樣的對話：

「馬利亞，我愛你。」「佩德羅，我也愛你。」

雖然這番愛情的表白非常短暫，故事的敘述者已經從一個無所不知的敘述者（用第三人稱來敘述）轉變爲一個人物兼敘述者、一個情節（馬利亞和佩德羅）的參與者身上去了；隨後，在這個人物兼敘述者的空間視角內，有兩個人物（從佩德羅到馬利亞）之間的變化，爲的是讓故事重新回到那個無所不知的敘述者的空間視角中去。當然，假如這個短暫的對話不省略旁白說明（「馬利亞，我愛你。」佩德羅說。「佩德羅，我也愛你。」馬利亞回答），上述的變動也就不會發生，因爲在這種情況下，故事會一直從無所不知的敘述者的視角講述下去。

您覺得這些微小、快速地連讀者都來不及察覺的變動是無關緊要的小事嗎？這可不是小事。實際

上，這在形式範圍內仍然是重要的，它們是微小的細節，一旦積累起來，就成為一種藝術製作優劣的決定因素了。總之，無可置疑的是，作者為創造敘述者並且賦予敘述者某些特徵（移動、掩飾、表現、接近、疏遠、在同一空間視角或者在不同空間跳躍中變化各種不同的敘述者）所擁有的無限自由，不是也不可能是隨心所欲的，必須根據小說講述故事的說服力加以證明。視角的變化可能豐富故事內容，使得故事充實起來，變得精細巧妙，神秘模糊，從而賦予故事一種多方面的含義；但也有可能使故事窒息而死或者破壞故事的統一性，假如這些技術性的炫耀、這種情況下的技術性不讓生活體會——生活的理想——在故事裡生根發芽，那就會變成不連貫性或者破壞故事的可信性，在讀者面前暴露了作品純粹技巧性的一堆廉價和矯揉造作的亂麻。

　　擁抱您，希望很快再見。

第六封信》
時間

親愛的朋友：

我很高興這些關於小說結構的思考能有助您發現深入小說內臟的一些線索，如同洞穴學家深入到大山的隱秘處一樣。在匆匆看過敘述者與小說空間的性質之後（用討厭的學術語言，我稱之爲小說中的空間視角），現在我建議我們來看看時間，這在敘事形式上也是相當重要的方面，一個故事的說服力如何，既取決於空間，也取決於時間的正確處理。

此外，關於這個問題，爲了弄明白什麼是長篇小說和怎樣才是長篇小說，有必要釐清一些偏見，雖然它們是老話且有虛假的成分。

我指的是人們往往把現實時間（冒著重複的麻煩，我們稱之爲計時順序時間，我們這些小說的作者和讀者都埋頭在生活之中）和我們閱讀的小說時間天眞地一視同仁，小說時間從本質上說與現實時間完全不同，它如同虛構小說中的敘述者和人物一樣，也完

全是編造的。與空間視角一樣，在我們看到的任何小說中的時間裡，作者都傾注了大量的創造力和想像力，雖然在許多情況下他並沒有意識到這一點。如同敘述者，如同空間一樣，小說中流動的時間也是一種虛構，也是小說家為著把自己的創造從現實世界裡解放出來並賦予作品以自主權（表面上的），我再說一遍，作品的說服力取決於這個自主權，而使用的方式之一。

雖然時間這個話題讓許多思想家和作家著迷（其中包括博爾赫斯，他構思出不少關於時間的文章），產生了大量不同的理論，但我想，大家可以至少在這樣一個簡單的劃分上達成協議：有一個按照計時順序的時間，還有一個心理時間。計時順序時間是客觀存在的，獨立於我們的主觀感覺之外，是我們根據天體運動和不同星球所處不同位置計算出來的，是自我們出生到我們離開世界都在消耗我們生命的時

間，它主宰著萬物生存的預示性曲線。但是，還有一個心理時間，根據我們的行止能夠意識到它的存在，以種種不同的方式由我們的情緒支撐著。當我們高興、沉浸在強烈和興奮的感覺時，由於陶醉、愉快和全神貫注而覺得時間過得很快。相反，當我們期待著什麼或者我們吃苦的時候，我們個人的環境和處境（孤獨、期待、災難、等待某事的發生或不發生）讓我們強烈地意識到時間的流動時，恰恰因為我們希望它加快步伐而覺得它遲滯、落後、不動了，這時每分每秒都變得緩慢和漫長。

我敢肯定地告訴您：小說中的時間是根據心理時間建構的，不是計時順序時間，而是作者設計的主觀時間，這是一條毫無例外的規律（虛構的小說世界裡極少規律中的又一條）；小說家（優秀的）的技巧給這個主觀時間穿上了客觀的外衣，用這種方式使得自己的小說與現實世界保持距離並有所區別（這是任

何希望自力更生的虛構小說的義務）。

　　舉個例子或許這個道理就更清楚了。您讀過安布羅思‧比爾斯（Ambrose Bierce）[1]的〈梟河橋的事件〉（"An Occurrence at Owl Creek Bridge"）嗎？美國內戰期間，南方一個農場主，皮頓‧法勒庫爾，企圖從一座橋上破壞鐵路，結果被處以絞刑。故事一開頭就是絞索套在這個可憐傢伙的脖子上，周圍是一排負責行刑的士兵。但是，執行死刑的命令下達以後，絞索的繩子突然斷了，犯人落入河中。他奮力向對岸游去，成功地逃脫了士兵從大橋和岸上射出的子彈。無所不知的敘述者從距離皮頓活動的意識近處講述故事，我們看到皮頓沿著森林逃走，雖然後面有追兵，他卻回憶起一件件往事，與此同時，逐漸接近了他居住的家、接近了那個有親愛的妻子盼望他能回來的地

---

1　安布羅思‧比爾斯（1842-1914），美國小說家。

方，到了那裡，他才算得救，才能嘲笑追捕他的人。這個故事聽起來很折磨人，如同主角那令人心情緊張的逃亡一樣。家就在前方，近在咫尺，逃亡者邁進門檻，終於看到了妻子的身影。他剛要擁抱妻子，故事開始後一兩秒鐘就在這個犯人的頸項抽緊的繩子便勒死了他。原來這一切都發生在極短暫的衝動之中，是經過故事延長後轉瞬即逝的幻覺，同時創造出的另一種特有的時間，一種由話語組成、區別於現實的時間（故事中的客觀情節只用了一秒鐘的時間）。從這個例子中不是可以非常明顯地看出虛構小說根據心理時間來建造自己的時間的方法嗎？

這個主題的另一個變種是博爾赫斯的著名小說〈秘密奇蹟〉（"The Secret Miracle"），說的是捷克作家、詩人雅羅米爾·拉迪克在被處決的時候，上帝批准他再活一年，讓他——內心世界——完成畢生計畫寫作的詩劇《敵人》。這一年，他在內心深處完成了

那部雄心勃勃的作品，同時又是在行刑隊長下達的
「開火」命令與子彈打在被槍斃者身上的彈痕之間過
去的，也就是說僅僅是千分之一秒而已，極少的一點
時間。任何虛構小說（特別是優秀作品）都有它們自
己的時間，都有一個專用的時間體系、區別於讀者生
活的現實時間。

　　為了確定小說時間的獨特屬性，第一個步驟，
類似空間那樣，是調查在這部具體的小說中的時間視
角，千萬不要與空間視角混淆在一起，雖然二者在實
踐中是緊密相連的。

　　由於無法擺脫定義的束縛（可以肯定您像我一
樣討厭這些定義，因為您會覺得面對文學難以預言的
世界這些定義是無效的），我們就大膽提出這樣一個
定義來：時間視角是存在於任何小說中敘述者時間和
敘述內容的關係。如同空間視角一樣，小說家可以選
擇的可能性只有三個（雖然三種情況中的變化是大量

的）；這三個可能性由話語時間決定，敘述者根據話語時間講述故事：

一、敘述者時間與敘述時間可以吻合，成為一個時間。在這種情況下，敘述者用語法現在式講述故事；

二、敘述者可以用過去式講述現在或者將來發生的事情；

三、最後，敘述者可以站在現在或者將來講述剛剛發生（間接或者直接）的事情。

儘管這些抽象提出的劃分顯得有些複雜，但實際上是相當清楚的，是立刻可以領悟的，只要我們注意觀察敘述者為著講故事是處於怎樣的動詞時態中即可。

我們舉個例子，不是長篇小說，而是一個短篇，恐怕是世界上最短的短篇（也是最佳作品之一）。瓜地馬拉作家奧古斯托・蒙德羅索（Augusto

Monterroso）[2] 〈恐龍〉（"The Dinosaur"），整個小說只有一句話：

「當他醒來時，恐龍仍然在那裡。」

這是個完美的故事，對不對？具有無法中止的說服力，簡潔、有轟動效果、有色彩、有魅力，乾淨。如果我們克制住對這個小小珍品極其豐富的其他方面的閱讀欲望，集中精力注意它的時間視角，那麼敘述的內容處於什麼動詞時態呢？是簡單過去時：「他醒來。」而敘述者位於將來，為了講述一件發生的事情，什麼時候發生的事情呢？與敘述者所處的將來相比，是間接過去還是直接過去？是間接過去。與敘述者的時間相對照，我如何知道是間接過去而不是直接過去呢？因為在上面兩個時間中，有個不可逾越的鴻溝，有一個時間空隙，有一道關閉的大門，它中

---

2　奧古斯托・蒙德羅索（1921-2003），瓜地馬拉作家。

止了二者之間的交往和聯繫。這就是敘述者使用的動詞時態的決定性特點：把情節限制在一個被中止的歷史（簡單過去式）中，把敘述者所處的時間分割出來。《恐龍》的情節發生在與敘述者時間相對間接過去的時間裡；也就是說，時間視角屬於第三種情況，其中又有兩種變化的可能：

——未來式（敘述者的時間）

——間接過去式（敘述的內容）

如果敘述者為了自己的時間能與一個與將來直接聯繫的過去保持一致，他本來應該用哪個動詞時間呢？是這樣一個（蒙德羅索，請原諒我這樣擺布您的作品）：

「當他剛剛醒來時，恐龍還在那裡。」

現在完成式（順便說一句，這是阿索林偏愛的時間，幾乎他的全部小說都用這個時間敘述）有這樣的優點：可以講述雖然是發生在過去卻一直延長到現

在的情節，可以講述發展緩慢彷彿剛剛發生在我們講述故事這一瞬間。這個與現時極近、剛剛的過去必不可免地與敘述者聯繫在一起，如同前面那種情況一樣（「他醒來」）；敘述者和敘述的內容是如此地靠近，以至於二者幾乎要碰撞在一起了，這不同於簡單過去式那不可逾越的距離，簡單過去式把敘述者的世界、一個與故事發生的過去毫無關係的世界，拋向獨立自主的將來。

　　我覺得通過這個例子我們已經弄明白三種可能的時間視角之一（及其變種）的這樣一種關係了：身居將來的敘述者講述發生在間接過去或者直接過去的情節（屬於第三種情況）。

　　現在，我們仍然用〈恐龍〉來舉例說明第一種情況，即三種中最簡單明瞭的情況：敘述者時間與敘述內容時間吻合一致。這個時間視角要求敘述者用陳述性現在式講故事：

「現在他醒了，恐龍仍然在那裡。」

　　敘述者和敘述內容分享著同一時間。故事一面發生，敘述者一面給我們講述。這個關係與前一個關係有很大不同，在前面一個關係裡我們看到了兩個不同的時間，敘述者身處敘述事實之後的時間裡，因此對正在敘述的內容有一個完整、全面的時間觀。在第一種情況下，敘述者的認識或者視角是比較狹窄的，僅僅包括正在發生的事情，也就是說，事情一面發生，一面講述出來。當敘述者時間和敘述內容時間由於使用陳述性現在式而混合在一起的時候（撒母耳・貝克特〔Samuel Beckett〕[3]和羅伯-格里耶〔Alain Robbe-Grillet〕[4]的小說中往往如此），敘述內容與現實的靠近達到最大的程度；如果用簡單過去式敘述，這一靠近降到最小程度；如果用現在完成式，靠近僅

---

[3]　撒母耳・貝克特（1906-89），愛爾蘭小說家、戲劇家。
[4]　羅伯-格里耶（1922-），法國新小說派作家。

達到中等程度。

現在來看看第二種情況，當然這是一種最少見、也是最複雜的情況：敘述者身處過去，講述尚未發生、但即將在直接或者間接的將來發生的事情。這裡可以舉出這個時間視角可能變化的幾個例子來：

一、「你將會醒來，恐龍也將會仍然在那裡。」

二、「當你醒來時，恐龍也將會仍然在那裡。」

三、「當你完全醒來時，恐龍也將會仍然在那裡。」

每種情況（還有其他可能性）都有一點細微的差異，確定了敘述者時間和敘述世界時間之中的不同距離，但它們的共同分母是：在所有情況下，敘述者講述尚未發生的事情，這些事情要等敘述者講完時才會發生，因此一種本質上的不確定性就落在了這些事情身上。不像敘述者處於現在式或者將來式講述已經發生的事情，或者一面講述一面發生的事情那樣可以

確定事情的發生。身處過去式準備講述間接或者直接未來發生的事情的敘述者，除去給講述的內容灌輸了相對性和不確定性，可以用更大的力量展示自己，在虛構的世界可以炫耀自己包羅萬象的能力，因爲通過使用動詞的未來式，他講述的故事就變成了一系列原則、一連串發生故事的命令。當虛構小說是從這個時間視角講述的時候，敘述者的突出地位是絕對和壓倒一切的。因此，一個小說家如果沒有意識到這一點的話，那是不能使用這個視角的，也就是說，如果他不願意通過上面所說的不確定性和敘述者的表現能力去講述，只有這樣講出來之後才具有說服力的東西。

　　一旦確認了上述三種可能的時間視角以及每種可能所容納的變化之後，再確定了調查每種可能的方法、即查詢敘述者講述故事以及故事本身所處的語法時間之後，還必須補充一點：一部虛構的小說中只有一個時間視角的情況是極少見的。慣常的做法是：雖

然常常有一個視角占據主要地位，敘述者是通過變動
（改變語法時間）在不同的時間視角之內來回移動
的，這些變動越是不引人注意、越是悄悄地轉交到讀
者手裡，效果就越是明顯。這是通過時間體系內的連
貫性獲得的（遵循某些規則的敘述者時間和敘述內容
時間的變動），也是通過變動的必要性獲得的，就是
說，這些變動不是隨心所欲的，不是為了純粹的炫
耀，而是要讓人物和故事產生重大的意義──強烈、
複雜、緊張、多樣、突出。

　　無需進入技術性、特別是現代小說的技術性，
就可以說故事在小說中是圍繞著時間和空間運轉的；
因為小說中的時間是一種可長、可短、可停止不動、
可急速飛跑的東西。故事在作品時間中的活動如同在
一塊土地上一樣，它在自己的領地裡來來去去，可以
大步流星地快進，也可以慢步徜徉，既可以廢除大段
的計時順序時間，也可以再恢復逝去的年華，既可以

從過去跳向未來，也可以從未來轉回過去，其自由程度是我們這些有血有肉的人們在現實生活中不允許的。虛構小說中的時間，和敘述者一樣，都是一種創造。

我們來看看一些小說時間的獨特（應該說明顯的獨特，因為所有小說時間結構都是獨特的）結構的例子吧。卡彭鐵爾的中篇小說〈回到萌芽時期〉（"Journey to the Seed"）的時間順序，不是從過去向現在發展，再從現在向未來過渡，而是恰恰相反：主角向故事的開頭前進。堂・瑪爾西亞・卡貝亞尼阿斯地方的侯爵是個彌留老人；我們從這一刻看到他向自己的中年、青年、童年，最後是純粹的感覺、無意識的世界（「感覺和觸覺」）發展，因為這個人物還沒有出生，還停留在母親的子宮裡處於胚胎狀態。這並不是故事在倒敘；在這個虛構的世界裡，時間是倒退的。說到出生前的狀態，或許回憶一下另一部著名的

長篇小說的例子更好：勞倫斯・斯特恩（Laurence Sterne）[5] 的《項狄傳》（*Tristram Shandy*），開頭的十幾頁講述了主角兼敘述者出生前的傳記，他用諷刺性的細節，描寫他在母腹受孕、發育，以及來到世界的複雜過程。故事發展的曲折、迴旋、來來去去的反覆，使得《項狄傳》的時間結構變成了極爲引人注目和奇特的創造。

　　虛構小說中不止有一個時間體系，兩三個或者更多體系同時存在的情況也是經常有的。例如，君特・格拉斯（Günter Grass）[6] 的著名長篇小說《鐵皮鼓》（*The Tin Drum*），正常情況下，時間的進行對眾人是一樣的，只有主角、赫赫有名的奧斯卡・馬策拉特（鐵皮鼓和敲擊玻璃的聲音）可以決定不讓時間發展、中斷計時順序、廢除時間的有效性並且獲得成

---

5　勞倫斯・斯特恩（1713-68），英國小說家。
6　君特・格拉斯（1927-），德國小說家。

功，因為他一吹響喇叭，就不再發育，生活在一種不朽的狀態，而他身邊的世界由於接受農神安排的預示性的消耗，正在衰老、死亡和更新。萬物和眾人都如此，只有他一個人例外。

　　廢除時間及其可能產生的後果（根據小說證明，是令人毛骨悚然的）的技巧在小說中是經常使用的。比如，這種技巧在西蒙娜・德・波伏瓦（Simone de Beauvoir）[7] 一部不大成功的小說《人總是要死的》（*All Men Are Mortal*）中就出現過。科塔薩爾通過印度一個馬拉巴爾族的技師，讓自己最有名的小說廢除了生命不得不接受的無情的死亡規律。按照作者建議的「導讀表」去閱讀《跳房子》（*Hopscotch*）的讀者，永遠不會讀完這部作品，因為到結尾時最後兩節不和諧地互相重複，從理論（當然不是實際）上說，

---

[7]　西蒙娜・德・波伏瓦（1908-86），法國小說家。

順從、聽話的讀者一旦誤入沒有任何逃走希望的時間
迷宮，就一定會沒完沒了地讀下去直到生命的最後一
天。

博爾赫斯經常喜歡引證赫·喬·威爾斯（H.G.
Wells）[8]（像博爾赫斯一樣對時間問題著迷的作家）
《時間機器》（*The Time Machine*）中的故事，講一個
科學家去未來世界旅行，回來時帶了一朵玫瑰，作為
他冒險的紀念。這朵違反常規、尚未出生的玫瑰刺激
著博爾赫斯的想像力，因為是他幻想對象的範例。

另外一個類似的時間例子是阿道夫·比奧伊·
卡薩雷斯（Adolfo Bioy Casares）[9]的故事〈天空緯線〉
（"The Celestial Plot"），敘述有個飛行員開著飛機失
蹤了，後來再度出現，講述一次誰也不信的奇特歷險
記：他在一個與起飛時完全不同的時間著陸了，因為

---

8　赫·喬·威爾斯（1866-1946），英國作家。
9　阿道夫·比奧伊·卡薩雷斯（1914-99），阿根廷作家。

在這個令人難以置信的宇宙裡，有若干個不同但是近似的時間同時神秘地存在著，每種時間都有自己的人、物和節奏，而各種時間又不互相聯繫，除非有特殊情況，例如這個飛行員著陸的事件，它讓我們發現了有個如同金字塔般的時間宇宙結構，它由層層的時間相接，但是內部又沒有來往。

與這樣的時間世界相反的形式是被講述故事強化的時間世界，計時順序和時間的發生逐漸減弱故事，直到講述停下為止：這就是喬伊斯的《尤利西斯》，仔細想一想，這部長篇小說僅僅講述了利奧波德・布盧姆一生中24小時發生的事情。

這封信寫得如此之長，您一定急於打斷我的話，因為可能有個看法就在嘴邊：可是我發現在您寫出的關於時間視角的全部內容，有不同的東西是混雜在一起的：時間如同題材或故事一樣（卡彭鐵爾和卡薩雷斯的例子就是如此）；時間如同形式，如同敘事

結構一樣，故事就在這個結構裡展開（《跳房子》中的永恆時間就是這樣）。這個看法是非常正確的。我唯一辯護的理由（當然是相對的）就是我故意製造了混亂。為什麼要這樣做？因為我想恰恰是在虛構小說的這個方面、即時間視角方面，可以更清楚地看到長篇小說中「形式」和「內容」是拆不散的，儘管我用了強暴的方式拆散它們以便查看一下小說是怎樣的，它的秘密結構是怎樣的。

　　我再重申一下，在任何小說中，時間都是一種形式方面的創造，因為在小說中，故事發生的形式不可能與現實生活中發生的一模一樣或者類似；與此同時，這個虛構故事的發生、即敘述者時間和敘述內容時間的關係，完全取決於使用上述時間視角所講述的故事。這個道理也可以從反面論證：小說講述的故事同樣取決於這個時間視角。實際上，如果我們離開活動的理論側面、走到具體作品面前時，二者指的是同

一個東西、一個不可分開的東西。我們在具體作品中發現：並不存在一種可以脫離故事的「形式」（無論空間、時間還是現實層面的）這個故事總是通過使用的話語獲得形體和生命（或者不要這個形體和生命）。

　　但是，圍繞著時間和小說，我們再深化一步，談談先於任何虛構故事存在的東西。在所有虛構小說中，我們都可以識別出這樣一些時刻：時間彷彿濃縮了，似乎要用特別逼真的方式顯示給讀者，企圖把讀者的注意力完全吸引住；我們還可以識別出這樣一些時間段落：與前面相反，強度逐漸減弱，故事的活力逐漸下降；這些故事情節於是距離我們的注意力越來越遠，由於它的常規性和可預見性因此已經無力抓住我們的注意力了，因為傳達給我們的純粹是一些拼湊的議論和閒話，其用處僅僅在於把一些人物和故事聯繫起來而已，否則他們就會處於隔絕狀態。我們可以

把這些故事和傳遞給其他時間的或者死亡的時間稱之
爲火山口（生動的時間，最大限度集中了體驗的時
間）。儘管如此，如果責備小說家允許作品中存在死
亡時間和純粹用於聯繫的故事，也是不公道的。爲了
建立連結性，爲了逐漸創造一個小說提供的世界理
想、一個沉浸在社會架構中的人們的理想，這些死亡
的時間和用來聯繫的故事也是有用處的。詩歌可能是
一種感情強烈的文學種類，它淨化到了純粹的程度，
可以沒有半句廢話。小說不行。小說要擴展開來，要
在時間（它本身創造的時間）裡展開，要僞裝出一個
「故事」來，要講述一個或者幾個人物在某個社會環
境中的生活軌跡。這就要求小說除去那些火山口、那
些充滿巨大能量的故事、那些可以讓故事前進、跳躍
的情節（時而改變性質，時而偏離現時向將來或者過
去游離，時而在故事裡揭露一些背景或者出乎預料之
外的模糊情況）之外，還必須擁有建立聯繫、提供情

況必不可少的資訊素材。

這些活火山、生動的或者逝去的或者涉及事物的時間，決定了小說時間的形成、即那些文字故事本身具有的計時體系，決定著那個可以簡化爲三類時間視角的東西。但是，我敢肯定地告訴您：雖然在研究小說性質問題上由於我們在時間方面說了許多而有所進展，但還有很多領域有待觸及。今後隨著我們談到小說製作的其他方面，問題會一一顯露出來。因爲我們還要繼續放開這個沒完沒了的線軸，對嗎？

您看，是您打開我的話匣子，現在已經沒有辦法讓我閉嘴了。

向您致以熱烈問候，很快再見。

第七封信》
# 現實層面

敬愛的朋友：

　　非常感謝您的迅速回信和希望：繼續探索小說結構。我也很高興地知道，您對小說中的時間、空間視角沒有不同的看法和反對意見。

　　可我現在擔心，今天我們要研究的視角雖然與時間、空間視角同樣重要，但讓您認可它卻不容易。因為現在我們進入的這個領域要比時間和空間更令人捉摸不定。不過，我們不要在門檻外面浪費時間了。

　　為了從比較容易的地方入手，需要一個泛泛的定義，就是說現實層面的視角定義，是指敘述者為講述小說故事所處的現實層面與敘事內容的層面的關係。在這一情況下，如同時間和空間一樣，敘述者層面與敘述內容層面可以吻合，也可以不同；二者的關係將決定著各類不同的虛構小說。

　　我猜到了您的第一個異議。「如果說在空間問題上容易確定空間視角只有三種可能性——敘述內容

中的敘述者，敘述內容外的敘述者，位置不確定的敘
述者——，同樣在時間問題上也比較容易，因爲有個
計時順序時間的常規框架：現在、過去和將來——那
麼關於現實問題，我們是不是要面對一個不可包括的
無限呢？」是的，一定如此。從理論的角度說，現實
可以一分再分，分成數量巨大的層面；爲此，也就可
以在小說現實中產生無限多的視角。但是，親愛的朋
友，不必被這個令人眼花撩亂的假設嚇倒。幸運的
是，我們從理論轉向實際的時候（這裡就有兩個完全
不同的現實層面），發現實際上虛構作品的活動只是
在有限的現實層面進行；因此，無需用完全部的層
面，我們就可以辨認出這一現實層面視角（我也不喜
歡這個說法，可是至今還沒有找到更好的）中最常見
的情況。

　　可能最明顯具有自主權和可能發生對抗的層
面，就是「現實」世界和「想像」世界這兩個層面。

（我用引號爲的是強調這兩個概念的相對性，因爲如果沒有這兩個概念我們之間就不可能互相理解，甚至無法使用語言。）我敢肯定，雖然您並不喜歡（我也不喜歡），可是您會贊成我們把一切根據我們對世界的體驗而可以辨別和證實的人、物和事件稱做「現實的」或者「現實主義的」；反之，對不可辨別和證實的一切稱做「想像」的。這樣，「想像」的概念就包含大量不同的級別：魔幻的、神奇的、傳說的、神話的，等等。

如果暫時同意這一做法，那麼我認爲：小說的敘述者和敘述內容之間可能產生的矛盾或者一致的層面關係之一就是這個。爲了看得更清楚些，我們舉出具體的例子，仍然以蒙德羅索的一秒鐘小說〈恐龍〉爲例：

「當他醒來時，恐龍仍然還在那裡。」

在這個故事裡，現實層面的視角是哪一個？可

能您會同意我這樣的看法：敘述內容是處於一個想像
層面的，因爲在您和我通過經驗了解的現實世界裡，
出現在我們夢中──包括噩夢──的史前動物群，不
可能轉到客觀現實中來，不可能在我們睜開眼睛時發
現它們活生生地蹲在我們的床前。因爲，顯而易見的
是，敘述內容的現實層面是想像臆造出來的。給我們
講述故事的敘述者（無所不知、沒有人稱）所處的層
面也就是這個層面嗎？我可以肯定地說不是，這個敘
述者是處在一個現實層面，即與敘述內容的層面在本
質上是對立和矛盾的層面。我是怎樣知道的？是通過
一個送給讀者的小小但卻明白無誤的指示、或者說一
道口令，這是有節制的敘述者在講述這個濃縮的故事
發生時發出的：仍然這個副詞。這個詞包含的不僅僅
是一個客觀的時間情節，指明奇蹟發生的時間（恐龍
從夢中的非現實向客觀現實轉化）；而且還是一個引
起注意的呼喚、一個面對不尋常事件的驚訝表示。這

個仍然給周圍帶來了一些看不見的驚歎符號，它含蓄地催促我們對這個奇蹟表示驚訝。（「你們大家瞧瞧這件怪事吧：恐龍仍然在那裡吶！可是顯然它本來不應該在那裡，因爲現實中不會發生這類事情，這只有在想像的現實中才有可能發生。」）就這樣，敘述者從一個客觀現實中講述故事；不如此就不能聰明地使用一個語義雙關的副詞來引導我們弄明白恐龍如何從夢中過渡到生活、從想像過渡到眞實的。這就是〈恐龍〉的現實層面視角：身處現實世界的一位敘述者講述一椿想像的事件。您記得類似這個視角的其他例子嗎？比如，在亨利・詹姆斯（Henry James）[1]《螺絲在擰緊》（*The Turn of the Screw*）這部中篇小說裡發生了什麼事情？一座充當故事舞台的可怕的農宅裡，住著一些鬼怪，它們經常出現在可憐的孩子們

---

1　亨利・詹姆斯（1843-1916），美國小說家。

（書中人物）和女管家面前，他們目擊的事實——由另外一個人物兼敘述者傳達給我們——是全部事件的主軸。這樣，毋庸置疑，敘述的內容——故事情節——在詹姆斯的作品中處於想像層面。敘述者處於什麼層面呢？事情開始有點複雜了：由於詹姆斯是個掌握著豐富手段的魔術師，善於擺弄各種視角，因此通過這些手段，他筆下的故事總是有個朦朧的光環，讓人們做種種不同的解釋。我們應該記得：這個故事裡，不是一個敘述者，而是有兩個（如果把那個無所不在、讓人看不見但是總提前出現在人物兼敘述者前面的人也算作敘述者，是否可以說有三個敘述者了呢？）。第一個敘述者，也是主要的敘述者，沒有名字，他告訴我們曾經聽到他的朋友道格拉斯朗誦女管家寫的故事、即女管家本人給我們講述的鬼故事。那第一個敘述者顯然是處於「現實層面」，爲的是轉述這個幻想故事，這個故事既讓他同時也讓我們這些讀者感到困

惑和驚訝。好，現在談談另一個敘述者、那個二級女敘述者、派生出來的敘述者、那個女管家，她「看到」了鬼怪，當然這並不在同一層面，而是一個想像的層面，在這個層面裡——與我們通過自身體驗了解的世界不同——死人重新回到生前居住的地方來「贖罪」，為的是折磨新住戶。到此為止，我們大約可以說，這個故事的現實層面視角就是敘述想像故事的視角，這個視角是由兩個敘述者組成的：一個位於現實或者客觀層面，另外一個——女管家——確切地說是從想像視角敘述的。但是，當我們更仔細地用放大鏡查看這個故事時，我們發覺這個現實層面視角中有個新的麻煩。因為有可能女管家並沒有看到那些滑稽至極的鬼怪，她僅僅是以為看到了而已，或者乾脆是她編造的。這種解釋——有些評論家的看法——如果屬實（也就是說我們讀者選擇了這種解釋），那就把《螺絲在擰緊》變成了一個現實故事，只不過是從純粹主觀

層面上——歇斯底里或者神經官能症的層面——進行
敘述罷了，即一個精神受壓抑、顯然天生愛看現實世
界裡不存在的東西的老處女的敘述。主張如此閱讀
《螺絲在擰緊》的評論家，把這個故事看成一部現實
主義作品，因為現實世界也可以包含主觀層面，那裡
也會出現幻覺、幻象和想像。給這個故事披上想像的
外衣的東西，不是故事內容，而是講述故事的巧妙技
術；它的現實層面視角就可能是一個心理變態者純粹
主觀的視角，她「看到」了並不存在的東西，把恐懼
和想像當成客觀現實。

　　好了，這就是現實層面在特殊情況下可能發生
變化的兩個例子，只要這種情況出現現實內容和想像
內容之間發生了聯繫的時候，即我們所說的幻想文學
流派中以針鋒相對為特徵的類型（重申一下，在這一
流派中可以搜集到類型不同的資料）。假如我們著手
看一看當代幻想文學中最傑出的作家是如何運用這一

視角的——這裡可以馬上提出這樣一些人名：博爾赫斯、科塔薩爾、卡爾維諾（Italo Calvino）[2]、魯爾福（Juan Rulfo）[3]、皮埃爾·芒迪亞格（Pierre de Mandiargues）[4]、卡夫卡、馬奎茲、卡彭鐵爾，我們會發現，這個視角——即現實和非現實、或者現實和想像這兩個不同世界之間的關係，如果像敘述者和敘述內容所具體表現的那樣——會產生無窮無盡的差異和變化，甚至可以不誇張地說：幻想文學作家的獨創性尤其在於虛構過程中現實層面視角出現的方式。

好了，到此為止我們已經看到——現實和非現實、現實主義和幻想——的對立（或者一致）是兩個性質不同的世界之間的本質對立。但是，現實性、或者現實主義的虛構也由各自不同的層面組成，雖然這

---

2　卡爾維諾（1923-85），義大利小說家。

3　魯爾福（1918-86），墨西哥小說家。

4　皮埃爾·芒迪亞格（1909-91），法國作家。

些層面都存在並且讀者通過切身體驗可以識別出這些層面，因此現實主義的作家也是可以利用許多可能的選擇，只要在虛構的作品中與這個現實層面視角有關係。

或許，只要不離開這個現實主義的世界，最突出的區別就是一個客觀世界——獨立存在的事物、事件、人物——和一個主觀世界，人的內心世界，即情緒、感覺、想像、夢幻、心理動因的世界之間的區別。如果您不打算離開這個現實主義的世界，那您的記憶會立刻從您喜愛的作家中提供一批作家讓您可以安排在客觀型作家群中——專斷的分類——同樣也可以把一批作家安排在主觀型作家群中，其根據就是這些作家的小說世界主要或者唯一地被安置在現實兩面中的某一面上。您一定會把海明威安排在客觀型作家群中，而把福克納安排在主觀型作家群中，這難道還不是非常明白的事嗎？顯然，維吉妮亞·吳爾芙

（Virginia Woolf）[5] 應該安排在主觀型作家群中，而格雷厄姆・格林（Graham Greene）[6] 應該在客觀型作家群中，對嗎？如果不對，您別生氣，但我們都同意這樣的看法：這個主觀、客觀的分法實在是泛泛之談，因為加入到兩類中任何一類的作家之間又有許多區別。（我發現，我們會一致同意這樣的看法──在文學領域裡，重要的是具體情況具體處理，因為泛論不足以說出我們對一部具體小說特性所了解的全部情況。）

　　那麼，我們就看看具體的情況吧。您讀過羅伯-格里耶的《嫉妒》（*La Jalousie*）嗎？我不認為它是一部傑作，但是一部非常有趣的小說，可能還是這位作家的最佳小說，也是1960年代震動法國文壇的新小說派──曇花一現──中的優秀作品之一，而羅伯-格

---

5　維吉妮亞・吳爾芙（1882-1941），英國小說家。
6　格雷厄姆・格林（1904-91），英國小說家。

里耶就是這一流派的旗手和理論家。在他的論文集
《未來小說的道路》（For a New Novel）中，羅伯-格
里耶解釋說他們要對一切心理小說，甚至主觀、內心
世界小說進行淨化，要集中精力在物化世界的外表和
物理性質上，物化世界不可征服的現實性在於「堅
固、頑強、現時、難以攻破的事物表面」。於是，羅
伯-格里耶就根據這一理論寫了一些令人極其厭煩的
作品，請原諒我不夠禮貌。當然，他也創作了確實不
可否認的有趣作品，其價值在於我們所說的嫻熟的技
巧。比如《嫉妒》。「嫉妒」這個詞可是非常不客觀
啊──多麼自相矛盾！在法語裡，這個詞的意思是
「吃醋」，同時又是「嫉妒」，是個語義雙關詞，它在
西班牙語裡已經消失。我敢說，這部小說就是描寫一
種冷冰冰的客觀目光，發出這種目光的人是匿名的和
不露面的，根據推測應該是一個愛吃醋的丈夫，他在
時時刻刻監視著讓他嫉妒的妻子。這部小說的獨創性

（可以開玩笑地說是情節）並不在於它的情節，因為沒有發生任何事情，或者更確切地說沒有任何可以值得記憶的事情，除去那個不知疲倦、充滿不信任、永遠沒有睡意、總是糾纏著妻子的目光。整個獨創性就在那個現實層面的視角上。這是個現實主義的故事（因為裡面沒有什麼內容是我們通過自身體驗辨別不出來的），敘述者游離於被敘述的世界之外，但又與那個距離很近，以至於有時很容易把觀察者的聲音與敘述者的聲音混淆起來。這要歸咎於小說中現實層面視角遵守的嚴密連貫性，這個視角是感官的，是一雙充血的眼睛的視角，這雙眼睛觀察、注視著她的一舉一動，不放過她周圍的任何動靜；因此這雙眼睛只能捕捉到（並且傳播給我們）對世界的一種外部、物理、視覺的感受，這是個純粹表面的世界——一種塑膠般的現實，沒有任何心靈、激情或者精神的背景。不錯，這涉及一個相當獨特的現實層面視角。在組成

現實的所有層面中，它獨處於一個層面——視覺層面
——來給我們講故事，而正因為如此，這個故事才好
像僅僅發生在這個完全客觀的層面上。

　　毫無疑問，羅伯-格里耶安排自己小說（尤其是
《嫉妒》）的這個現實層面與吳爾芙經常安排的小說現
實層面是完全不同的，而吳爾芙是現代小說偉大革新
者之一。通過她寫過的一部幻想小說——《奧蘭多》
（*Orlando*）——我們看到一個男子如何困難地被改造
成女人；可是她的其他小說可以稱為現實主義小說，
因為這些作品中並沒有這類奇蹟。如果說這些作品有
所謂「奇蹟」的話，那就是「現實」出現在小說中所
持有的謹慎態度和使用的精美結構。這當然要歸功於
她的寫作特點，歸功於她那薄如蟬翼般精細而敏銳、
同時又具有強大聯想和回憶力量的風格。比如，她最
有特色的小說之一《達洛維夫人》（*Mrs. Dalloway*），
是在哪個現實層面進行的？是在人類行為的層面上，

如海明威的那些故事？不是。它是在一個內部主觀的層面上、一個體驗留在精神中的感覺和激情的層面，即那種不可觸摸、但可證實的現實，它記錄下我們周圍發生的一切、我們的所見所爲、歡樂與悲傷、激動與憤怒以及對這一現實的評論。這個現實層面的視角是這位著名的女作家又一個創作特點：透過字裡行間和巧妙的描寫虛構天地的視角，成功地把整個現實精神化、非物質化並注入一種靈魂。她恰恰是與羅伯-格里耶截然相對的，後者發展了一種旨在物化現實、把現實所包含的一切——甚至感覺和激情——都當作具體物品來加以描寫的敘述技巧。

　　我希望通過上述不多的例證，您能夠在這個有關現實層面視角的問題上得出我在很久以前得出的同樣結論：小說家的獨創性在很多時候就表現在這個現實層面視角上。也就是說，要找到（或者至少凸現）生活的、人類經驗的、生存的一個方面或者作用，而

此前在虛構中被遺忘、被歧視、被取消了；現在它在
小說中作爲主導地位的視角出現，爲我們提供了對生
活觀察的前所未有的嶄新視野。比如，普魯斯特或者
喬伊斯的情況不就是如此嗎？對於普魯斯特來說，重
要的不在於現實世界發生的事情，而在於記憶力留住
和複製生活經驗的方式，在於對活動在人們心中的往
事的選擇和追憶。因爲人們不可能再要求一個比《追
憶似水年華》中人物演變和故事發展的現實還要主觀
的現實。至於喬伊斯，《尤利西斯》難道不是一個災
難性的革新嗎？書中的現實是按照意識自身的流動被
「複製」出來的，這個意識在關注、歧視、激動和聰
明地反對、評估、珍藏或者剔除生活的內容。有些作
家由於賦予從前鮮爲人知或不曾提及的現實層面以特
殊的權力，從而提高了我們對人性的觀察範圍。這不
僅在數量是如此，在質量上也是如此。幸虧有了像吳
爾芙、喬伊斯、卡夫卡和普魯斯特這樣的小說家，我

們才可以說，我們的智力和敏感力得到了充實，因此可以在現實這個巨大的亂麻中識別出從前無知或者沒有足夠了解、或是感覺遲鈍的層面——記憶的過程、荒謬的念頭、意識的流動、激情和感覺的敏銳表現。

　　上述所有這些例子表明了在現實主義作家中可以區別出種種不同的類型來。而在幻想類作家中的情況當然也是如此。儘管這封信又可能因為說得太多而不夠謹慎，我還是希望能夠看一看卡彭鐵爾的《人間王國》（*The Kingdom of This World*）中占據主導地位的現實層面。

　　如果我們有意把這部作品放在根據現實還是幻想的特點來劃分小說的兩個文學天地中的某一個的話，毫無疑問，它應該在幻想文學的天地，因為在講述的故事裡——與著名城堡的建造者、海地人亨利・克里斯托夫的故事混淆在一起——發生了一些我們通過自身體驗所了解的世界上不可思議的奇怪事件。儘

管如此，任何一位閱讀過這部傑作的人都對它與幻想
文學的簡單相似感到不滿意。首先，這部作品中的幻
想性並沒有一張明白無誤的面孔，比如像愛倫・坡
（Edgar Allan Poe）[7]、《化身博士》（*Dr. Jekyll and
Mr. Hyde*）的作者羅伯特・路易士・斯蒂文森
（Robert Louis Stevenson）[8]、博爾赫斯的作品中那樣
與現實的決裂是公開進行的。在《人間王國》裡，異
常事件似乎不多，因為它與體驗的接近、與歷史的接
近。事實上，這部作品是緊跟著海地歷史上的人物和
事件鋪陳的——污染了現實主義鎮定自若的態度。這
要歸咎於什麼？歸咎於這部小說敘述內容經常所處的
非現實層面是神話傳說的層面、即根據客觀上使之合
法化的某種信仰、歷史「現實」人物和事件的「非現
實」轉化。神話是對某些宗教和哲學信仰決定的現實

---

7　愛倫・坡（1809-49），美國小說家。
8　羅伯特・路易士・斯蒂文森（1850-94），英國小說家。

的解釋，因此在任何神話裡，與想像和幻想因素同時存在的，總會有個客觀歷史的結構；神話的位置就在集體主觀性中，這個主觀性是存在的，它總是企圖強加給現實（往往成功），如同博爾赫斯的小說〈特隆、烏克巴爾、奧爾比斯、特蒂烏斯〉（"Tlön, Uqbar, Orbis Tertius"）中智慧的陰謀家們把那個幻想的星球強加給現實世界一樣。《人間王國》技巧上的功績在於卡彭鐵爾設計的現實層面視角。故事總是在那個神話傳說的層面上——幻想文學的第一級台階或者是現實主義的最後台階——進行，故事是由一位無人稱的敘述者講述的，這個敘述者沒有完全定位在這個層面上，但與這個層面距離很近，經常發生摩擦，因此他與講述的內容保持的距離小到足以讓我們覺得幾乎從內部去體驗構成作品故事的神話和傳說；但這個距離也足以讓我們明白：那不是歷史客觀現實，而是被一個民族的輕信給非現實化的現實，這個民族還

沒有放棄巫術、幻術、非理性的活動，雖然從外部看似乎是贊成前殖民者的理性主義，實際上是剛剛從殖民主義手中解放出來。

我們可以這樣無休止地繼續極力識別虛構世界的獨特和不尋常的現實層面視角，但我想有上述例證就足以證明敘述內容和敘述者所處的現實層面，以及與這個視角允許我們說話和說話方式之間的關係有可能是各種各樣的，假如我們熱衷於現實還是幻想、神話還是宗教、心理還是詩學、重情節還是重分析、哲學還是歷史、超現實主義還是試驗體等等，將小說加以分類、編目的話。我可是沒有這種癖好，希望您也不要有（確立名目是一種不可救藥的毛病）。

重要的不是我們分析的小說在沒完沒了的分類表格中處於哪個位置。重要的是要知道任何小說中都有一個空間視角，有一個時間視角，有一個現實層面視角；還要知道這三個視角之間，儘管許多時候並不

明顯，本質是獨立自主的，互相區別的；還要知道由於三者之間的和諧與配合會產生內部連貫性、即作品的說服力。這一借助其「真理」、「真實」和「真誠」來說服我們的能力，從來不是產生於我們讀者所處的現實世界的相似性或者一致性中的。它僅僅來源於其自身的存在，由語言、空間、時間、現實層面構成和組織的存在。如果一部小說的語言和秩序是有效的，適合作品試圖讓讀者信服的故事的，也就是說，在作品中有主題、風格和各種視角之間的完美配合與協調，因此使得讀者一經開卷就會被故事內容所迷惑和吸引，以致完全忘記了講述故事的方式，並且有這樣的感覺：這部小說沒有技巧、沒有形式，是生活本身通過一些人物、場景、事件表現出來，而讓讀者感到恰恰這些人物、場景、事件就是形象化的現實和閱讀過的生活。這就是小說技巧的偉大勝利：努力做到不顯山露水，架構故事極其有效果，使得故事有聲有

色、有戲劇衝突、精美而有魅力，以至於任何讀者都絲毫沒有察覺出技巧的存在，因為讀者已經被高超的技巧所征服，他不感到是在閱讀，而是生活在一個虛構的世界裡，至少在一個短暫的時間裡，對這個讀者來說，是成功地取代了生活的虛構世界。

擁抱您。

第八封信》
# 變化與質的飛躍

親愛的朋友：

看過這封信後，我認爲您是有道理的，因爲我在同您談及任何小說都有的三個視角時，我多次使用了變化的說法，爲的是解釋作品發生的一些過渡，而沒有停下來詳細說明小說中經常使用的這一手段。現在我來說明一下，描寫一下這個手段，即作者們在組織故事的時候使用的古老方式之一。

一種「變化」就是上述任何一個視角經歷的整個改變。根據在空間、時間和現實層面三個領域發生的變化，可能產生相應的空間、時間和現實層面的變動。在小說中、特別是20世紀的小說中，經常會有幾個敘述者；有時會有幾個人物同時兼任敘述者，像福克納的《我彌留之際》，有時會有一個無所不知、游離於敘述內容之外的敘述者，有時會有一個或者幾個人物同時兼任敘述者，比如喬伊斯的《尤利西斯》。於是，每當由於敘述者因改變地點而改變故事的空間

視角時（我們從語法人稱的「他」換成「我」、從「我」換成「他」或其他變化中可以察覺），也就會發生空間視角的變化。有些小說裡，這樣的變化很多，有些不多，至於有用還是有害，只能看結果如何，看這樣的變化對作品的說服力所產生的後果，看是加強了說服力呢還是有所破壞。當空間變化有積極效果時，可以讓故事產生一個變化多端、甚至球形和全方位的視角（可以決定獨立於現實世界的理想、即前面我們看到的任何虛構世界的秘密渴望）。假如這些空間變化無效，結果可能產生混亂：面對這些敘述視角突然而隨心所欲的跳躍，讀者會感到迷惑。

　　時間變化、即敘述者在故事發生的時間裡的移動，可能比空間變化要少一些；故事發生的時間通過移動同時在過去、現在和將來展現在我們眼前；如果這一技巧使用得當，可以讓故事產生一種全面按照計時順序的幻覺、一種時間上可以自給自足的幻覺。有

些對時間問題著魔的作家——前面我們看到過這樣的例子，這不僅表現在小說的主題上，還表現在不尋常的時間體系結構上，有些結構是非常複雜的。這樣的例子有成千上萬。其中之一是一部英國小說：D.M.湯瑪斯（D. M. Thomas）[1]的《白色旅館》（*The White Hotel*）。這部小說講述了在烏克蘭發生的對猶太人的可怕屠殺，它以女主角、歌唱家麗莎‧厄爾德曼對維也納一位心理分析醫生佛洛依德的傾訴為細細的主線。小說從時間視角上分為三部分，分別屬於那場集體大屠殺、即作品的火山口的過去、現在和將來。於是，在作品中，時間視角經歷了三個變化：從過去到現在（大屠殺），再到故事中心事件的未來。而這最後的變向未來，不僅是時間變化，也是現實層面的變化。直到此前為止，一向在「現實」、歷史、客觀層

---

1　D.M.湯瑪斯（1935-），英國小說家。

面發展的故事，從大屠殺開始到最後一章〈營地〉，
換到一個純粹想像的層面、一個難以捕捉的精神層面
上了，在這個層面裡居住著一些擺脫了肉慾的人們、
一些大屠殺犧牲者的鬼魂、幽靈。在這種情況下，時
間變化也是從本質上改變敘事的質的飛躍。由於有這
個變化，敘事的方向從現實世界射向了純粹想像的天
地。類似的情況就發生在赫爾曼·赫塞（Hermann
Hesse）[2] 的《荒原狼》（*Steppenwolf*）中，當歷史偉
大創造者的不朽靈魂出現在那個人物兼敘述者的面前
時。

　　現實層面的變化是為作家們提供更多可能性的
變化，以便讓他們可以用複雜和獨特的方式組織自己
的敘事素材。儘管如此，我並不貶低空間和時間的變
化，其可能性顯而易見更為有限；我只想強調一下：

---

　2　赫爾曼·赫塞（1877-1962），德國小說家。

鑒於現實是由無數層面組成的，變化的可能性也就更
多，任何一個時代的作家都會從這個變化不定的手段
中獲得好處。

　　但是，在我們進入這個各種變化的廣闊天地之
前，或許應該做一個區分。一方面，各種變化是根據
變化發生的種種視角——空間、時間和現實層面——
而有所區別；另一方面，又根據形容詞或者名詞的性
質（本質或者非本質）而有所不同的。一個單純的時
間或者空間變化是重要的，但不會更新故事的本質，
無論這個故事是現實的還是幻想的。反之，另外一種
變化，例如《白色旅館》這部我剛剛說過的關於大屠
殺的小說，就改變了故事的性質，把故事從一個客觀
（「現實」）世界移動到另外一個純粹想像的天地中去
了。這些挑起本體學動亂的變化——因為改變了敘事
秩序的本質——我們可以稱之為質的飛躍，因為它給
我們提供了黑格爾辯證法的公式，數量的積累可以引

起「質的飛躍」（如同水一樣，沸騰時變成氣體，結
冰時變成固體）。在講述故事時，如果在現實層面視
角發生構成質的飛躍的某種激烈的變化，這樣的敘述
就會經受一番改造。

　　我們來看看當代文學豐富的典藏中一些顯而易
見的例證吧。比如，有兩部長篇小說，一部寫於巴
西，另一部寫於英國，二者間隔很多年，我指的是吉
馬朗埃斯・羅薩（João Guimarães Rosa）[3]的《廣闊的
腹地：條條小路》（*The Devil to Pay in the Backlands*）
和吳爾芙的《奧蘭多》，主要人物性別的突然改變
（兩種情況都是男變女）引起整個敘述內容質的改
變，把敘述內容從一個此前似乎是「現實主義」的層
面推到另外一個想像、甚至幻想的層面。在這兩個例
子裡，變化是個火山口，是敘述主體的中心事件，是

---

3　吉馬朗埃斯・羅薩（1908-67），巴西小說家。

集中了最多的人生體驗的故事（它用一種似乎不具備的屬性感染了整個環境）。卡夫卡的《變形記》則不是這樣，書中的奇蹟、即可憐的主角變成了一隻可怕的甲蟲，此事發生在故事的第一句話，這從一開始就把故事定位在幻想的層面上。

這些就是突變的例子，突變是轉眼就發生的事實，以其神奇和不尋常的特徵撕碎了「現實」世界的座標，增添了一個新尺度，一個不遵守理性和物理規律而是服從一種天生而不可捉摸的力量的奇妙和秘密的秩序；對這天生而不可捉摸的力量，只有通過神奇的調解、巫術或者魔術才能夠認識（有些情況下甚至可以控制）。但是，在卡夫卡最有名的長篇小說《城堡》（*The Castle*）和《訴訟》（*The Trial*），變化是個緩慢、曲折、謹慎的程式，它是事物的某種狀態在時間裡的積累或者強化的結果之後而發生的，直到因此敘述世界擺脫了我們所說的客觀現實——「現實主

義」，僞裝成模仿這一現實的樣子，實際上是作爲另外一種性質不同的現實表現出來。《城堡》中那個匿名的土地測量員、神秘的K先生，多次企圖接近那個管轄整個地區的威嚴的城堡，那裡面有最高當局，他是前來供職的。開頭，他遇到的障礙都是微不足道的；看了相當長一段故事，讀者的感覺是沉浸在一個詳細的現實主義的世界，似乎要把現實世界複製成具有更多日常和慣例的東西。但是，隨著故事的向前發展以及倒楣的K先生越來越沒有自衛能力和容易受到傷害，聽任一些障礙的擺布，我們逐漸明白這些障礙不是偶然出現的，也不是單純的政府管理無能的派生物，而是一架控制人類行動、毀滅個性的陰險而秘密的機器的種種表現，伴隨著對K的軟弱和人性的苦苦掙扎的焦慮，在我們這些讀者心頭湧現出一種意識：現實進行的層面不是那個與讀者相等的客觀歷史層面，而是另外一種性質的現實，一種象徵、寓意──

或者乾脆就是幻想——的想像現實（當然這並不是說
作品的這一現實的閃爍智慧光芒的教訓了）。因爲，
這個變化是以一種比《奧蘭多》和《廣闊的腹地：條
條小路》要緩慢和曲折得多的方式，發生在現實的兩
個方面或者層面之間。

　　同樣的事情也發生在《訴訟》中，主角被捲入
一個由員警和法官系統設置的噩夢般糾纏不清的迷魂
陣，一開始，我們覺得這個系統是一種對司法部門過
分官僚化導致的無效和荒唐的妄想狂型的錯覺。但
是，後來，在某個特定的時刻，由於荒唐事件的逐漸
積累和強化，我們慢慢發覺：在剝奪了主角自由並且
不斷摧殘他生命的行政部門的糾葛後面，眞的存在著
某種更爲陰險和非人道的東西：一個或許是形而上性
質的不詳體系；面對這個體系，公民的自由意志和反
抗能力消失殆盡；這個體系把個人當作戲劇舞台擺弄
木偶的演員加以使用和濫用；這個體系是一種不可能

反抗的秩序，它威力無比、不顯山露水、就安居在人性的骨髓中。《訴訟》中這個現實層面、象徵性、形而上和幻想的層面，如同出現在《城堡》裡一樣，也是緩慢和漸進的，而不可能確定變形發生的準確時刻。您不認為《白鯨記》也有同樣的事情嗎？在全球海洋四處追捕這條沒有蹤影的白鯨，此事給這個神話般的動物戴上一道傳奇的光環、陰險狡詐的光環，您不認為這部作品也經歷了一次變化或者說質的飛躍嗎？它把一部開頭非常「現實主義」的小說改變成了一個想像──象徵、寓意、形而上──的或者純粹幻想型的故事。

說到這裡，您腦海大概已經充滿了大量自己喜愛的小說中可以回憶起來的變化和質的飛躍了吧。的確，這是一個任何時代的作家經常使用的手段，特別是幻想型的虛構小說。我們想想看作為那類閱讀快感的象徵有沒有哪個變化還生動地留在記憶中。我想起

來一個！我敢打賭這是個典型：科馬拉（Comala）！一說到種種變化，浮現腦海的第一個名字不就是這個墨西哥村莊嗎？這是個理由非常充足的聯想，因為凡是閱讀過魯爾福的《佩德羅‧巴拉莫》（*Pedro Paramo*）的人，只要深入到作品之中，對於這樣的發現會感到終生難忘：故事中的所有人物都是死人；虛構的科馬拉不屬於「現實」，至少不屬於我們讀者生活的這個現實，而是另外一個現實、文學的現實，在這裡死人不是消失了，而是繼續生活下去。這是當代拉丁美洲文學中最有效果的變化之一（激烈型的變化，質的飛躍型的變化）。這一手段使用之嫻熟已經達到如此的程度：如果你非要提出——故事的時間或者空間——事情是什麼時候發生的，那就會處於進退兩難的境地。因為在發生變化的時間和地點，沒有一個明確的事件——事實和時間。變化是一點點發生的，是漸進式的，通過暗示、蛛絲馬跡、幾乎沒

有留意的模糊腳印。只是到了後來，追溯往事時，那一系列線索和大量令人懷疑的事實和不連貫片段的積累，才讓我們意識到科馬拉不是一個活人的村莊，而是鬼魂聚集的地方。

我們轉到另外一些不像魯爾福運用的如此陰森恐怖的變化上，或許要好一些。我現在想到的令人親切、高興、有趣的變化，就是科塔薩爾的〈致巴黎一位小姐的信〉（"Letter to a Young Lady in Paris"）中的變化。當人物兼敘述者、寫信人告訴我們他有個令人不愉快的嘔吐小兔子的習慣時，就發生了絕妙的現實層面的變化。於是這個有趣的故事就發生了驚人的質的飛躍，如果主角被兔子的分泌物壓垮，故事就會有個悲慘的結局，正如這封信最後幾句話暗示的那樣，故事結束時他自殺了。

這是科塔薩爾在他的長、短篇小說中經常使用的方法。他用這個手法從根本上打亂了自己虛構世界

155

的性質，讓虛構的世界從一種由可預見、平庸、常規事物組成的日常、普通的現實轉向另外一種現實、幻想性質的現實，裡面發生一些不尋常的事情，比如人嘴吐出一隻小兔子；在這種幻想型的現實裡，還有暴力搗亂。您肯定讀過科塔薩爾的另外一部大作〈女祭司〉（"The Maenads"），書中通過數量的積累，以漸進的方式，敘述世界發生了一次心靈變化，即一場看上去似乎是無害的音樂會，在皇冠劇場舉行，一開始觀眾就對音樂家的成績產生出過分的熱情，最後終於演變成一場野蠻、衝動，令人難以理解、充滿動物性的暴力事件，變成一場你死我活的搏鬥和戰爭。在這場出乎意料之外的災難結束時，我們感到非常困惑，心裡在想：這一切真的發生了嗎？這是不是一場可怕的噩夢？這樣荒唐的事是不是發生在「另外一個世界裡」，是一個由想像、內心的恐怖和人類靈魂中陰暗的本能組成的大雜燴？

　　科塔薩爾是善於利用這一變化——漸進或者突變的，以及時間、空間和現實層面的——手段的優秀作家之一；他作品的獨特面貌在很大程度上歸功於這一手段的使用；在他的作品裡，詩意和想像力密不可分地結合在一起，形成一個無可置疑的意義，對此，超現實主義者稱之爲日常中的神奇和流暢而簡潔的散文，毫無矯揉造作之處，它表面上的樸實和口語化實際上掩蓋著一個複雜的問題和一種巨大的創造勇氣。

　　既然通過聯想已經開始回憶腦海裡尚存的文學變化的例子，那麼我就不能不再舉出發生在塞利納的《緩期死亡》中——小說中的火山口之一——的變化，對這位作家本人我沒有半點好感，恰恰相反，對他的種族主義和反猶太主義我感到深惡痛絕；儘管如此，他寫出了兩部長篇大作（另外一部是《長夜行》）。在《緩期死亡》，有一個令人難忘的情節是主角乘坐一艘滿載旅客的渡船穿越英倫海峽。海面上起了大浪，海

水衝擊著小船，全船的人──船員和乘客──都暈眩不已。當然，深入到這個讓塞利納著迷的骯髒和可怕的氣氛之中以後，所有的人都嘔吐起來。到此為止，我們仍然停留在一個自然主義的世界裡，而雙腳是牢牢紮根於客觀現實之中的。但是，這個從字面含義上落到我們讀者身上的嘔吐，在五臟六腑吐出的污穢弄髒我們全身的同時，這個嘔吐通過緩慢而有效的描寫逐漸地疏遠了現實主義，逐漸變成了某種荒唐可笑的東西，某種啟示錄式的東西，通過這個東西，到了特定的時候，就不僅是一小撮暈船的男女而是整個人類似乎都在吐出五臟六腑的東西了。由於這個變化，故事改變了現實層面，達到一個幻覺和象徵意義、甚至幻想的層面，整個環境都被這個不尋常的變化感染了。

　　本來我們可以無休止地展開這個有關種種變化的話題，但是那就會畫蛇添足，因為上面舉的例子足

以說明這一手段——及其變種——運作的方式和在小
說中產生的效果了。或許更值得強調一下我在第一封
信中就不厭其煩地說過的話：變化就其本身而言不會
給任何東西先下結論或者做出指示，它在說服力問題
上成功還是失敗，無論什麼情況，都取決於敘述者在
具體的故事裡運用的具體方式：同樣的手段運作起來
可以加強說服力，也可能破壞說服力。

　　在結束這封信之前，我想告訴您一種有關幻想
文學的理論，是比利時籍的法國人、大評論家和散文
家羅歇・凱盧瓦（Roger Caillois）[4] 發揮出來的（發
表在《幻想文學選集》〔*Anthologie du Fantastique*〕
的序言中）。根據他的理論，眞正的幻想文學不是深
思熟慮的，不是決定寫幻想性故事的作家頭腦清醒的
行爲產物。在凱盧瓦看來，眞正的幻想文學是這樣

---

4　羅歇・凱盧瓦（1913-78），法國社會學家和作家。

的，其中非同尋常、奇蹟般、神話一樣、用理性無法
解釋的事情自發地產生出來，甚至連作者本人都沒有
察覺。也就是說，那些虛構的作品的幻想成分是以自
己的方式出現的。換句話說，不是作品講述幻想故
事；故事本身就是幻想的。毫無疑問，這是一個頗有
爭議的理論，但是有見地，有特色。結束這個關於種
種變化的思考的好方式之一，或者解釋這些變化的說
法之一，可以說變化是自發生成的——如果凱盧瓦想
像得不是太誇張，如果作者完全放任自流，這樣的變
化可能占據文本，把作品引向作者無法事先預見的路
上去。

　　緊緊地擁抱您。

第九封信》
## 中國套盒

親愛的朋友：

　　爲了讓故事具有說服力，小說家使用的另外一個手段，我們可以稱之爲「中國套盒」，或者「俄羅斯套娃」。這指的是什麼呢？指的是按照這兩種民間工藝品那樣架構故事，大套盒裡容納形狀相似但體積較小的一系列套盒，大玩偶套著小玩偶，這個系列可以延長到無限小。但是，這種性質的結構：一個主要故事生發出另外一個或者幾個派生出來的故事，爲了這個方法得到運轉，而不能是個機械的東西（雖然經常是機械性的）。當一個這樣的結構在作品中把一個始終如一的意義——神秘、模糊、複雜——引入到故事內容並且作爲必要的部分出現，不是單純的並置，而是共生或者具有迷人和互相影響效果的聯合體的時候，這個手段就有了創造性的效果。比如，雖然可以說在《一千零一夜》裡，那些有名的阿拉伯故事——自從被歐洲人發現、翻譯成英語和法語以後就成爲人

們喜愛的讀物——中國套盒式的結構，常常是機械性的，但顯而易見的是在一部現代小說裡，例如胡安‧卡洛斯‧奧內蒂（Juan Carlos Onetti）[1]的《短暫的生命》（*A Brief Life*），書中使用中國套盒就產生了巨大的效果，因為故事驚人的細膩、優美和給讀者提供的巧妙的驚喜，在很大程度上是來源於中國套盒的。

但是，我講得太快了。最好是從頭開始，平心靜氣地描述這個技巧或者敘事手段，然後再看看它的變種、使用方法、使用的可能性和風險。

我想，說明此事的最好例子就是上面引證的那部敘事文學中的經典之作，西班牙人是從布拉斯科‧伊巴涅斯（Blaso Ibánez）[2]的譯本中讀到這部作品的，而伊巴涅斯又是根據J.C.馬特魯斯（Joseph-Charles Mardrus）[3]博士的法譯本翻譯而成的，這部

---

1　胡安‧卡洛斯‧奧內蒂（1909-94），烏拉圭小說家。

2　布拉斯科‧伊巴涅斯（1867-1928），西班牙小說家。

名著就是《一千零一夜》。請允許我提醒您作品中那些故事是怎樣連接起來的。女主角為了避免被可怕的蘇丹國王絞死——如同這位國王的其他妃子一樣，她講故事給國王聽，但是對這些故事做了處理，讓每天晚上的故事在關鍵時刻中斷，使得國王對下面發生的事情——懸念——產生好奇，從而一天又一天地延長生命。這樣，她一直延長了一千零一夜，最後蘇丹國王免了這位出色的講故事人一死（他被故事征服了，甚至到了極端信奉的程度）。這個聰明的女主角是如何設計這些故事的呢？她的目的是連續不停地講述這個維繫她生命的故事裡環環相套的故事。她依靠的是中國套盒術：通過變化敘述者（即時間、空間和現實層面的變換），在故事裡面插入故事。於是，在那個女主角講給蘇丹國王的瞎子僧侶的故事中，有四個商

---

3　J.C.馬特魯斯（1868-1949），埃及出生的法國翻譯家。

人，其中一個給另外三個講述巴格達一個麻瘋病乞丐
的故事，裡面有一位既不傻不懶又愛冒險的漁夫，在
亞歷山大港的市場上，把海上驚心動魄的經歷講給顧
客們聽。如同在一組中國套盒或者俄羅斯套娃那樣，
每個故事裡又包括著另一個故事，後者從屬於前者，
一級、二級、三級……一級級地排下去。用這種方
法，通過這些中國套盒，所有的故事連結在一個系統
裡，整個作品由於各部分的相加而得到充實，而每個
局部──單獨的故事也由於它從屬別的故事（或者從
別的故事派生出來）而得到充實（至少受到影響）。

通過回憶，您大概已經清理了一下自己喜歡的
大量古典或者現代小說，其中會有故事套故事的作
品，因為這種手法實在太古老、用得太普遍了；可是
儘管用得如此之多，如果是由出色的敘述者來掌握，
它總會具有獨創性的。有時，毫無疑問，例如《一千
零一夜》就是如此，中國套盒術用得非常機械，以致

於一些故事從另外一些故事的產生過程中並沒有子體對母體（我們就這麼稱呼故事套故事的關係吧）的有意義的映照。比如，在《唐吉訶德》，產生這樣有意義的映照是在桑丘講述牧羊女托拉爾娃的故事時——唐吉訶德不斷對桑丘的講述方式插入評論和補充——（這是中國套盒術，母體和子體的故事之間互相作用、互相影響），可是在其他的中國套盒術中並沒有發生這種關係，比如唐吉訶德睡覺的時候，神父在閱讀一本正在出售的長篇小說《何必追根究底》。在這種情況下，超出了中國套盒術的範圍，可以說它是一幅拼貼畫，因為（如同《一千零一夜》中的很多母—子、祖—孫的故事那樣）這個故事有它自己的獨立自治實體，不會對故事主體（唐吉訶德和桑丘的歷險活動）產生情節或者心理上的影響。當然，類似的話也可以用於另外一個使用了中國套盒的偉大經典作品：《被俘的船長》（*A Captain's Tale*）。

實際上，對於《唐吉訶德》中出現的中國套盒術的多種變化，很可以寫一篇大作，因為天才的賽萬提斯使這個手段具有了驚人的功能，從他一開始編造的所謂「熙德・哈梅特・貝內赫里的手稿」（後來演化為《唐吉訶德》，從而留下撲朔迷離的感覺）就使用了這一手段。可以這樣說：這是一種俗套，當然已經被騎士小說用得讓人厭煩了；所有的騎士小說都一律偽裝成是從某個奇異的地方發現的神秘手稿。但即使在小說中使用這些俗套，那也不是廉價的：作品有時會產生肯定性的結果，有時是否定性的。假如我們認真對待熙德・哈梅特・貝內赫里的手稿的說法，《唐吉訶德》的結構至少是個由派生出來的四個層面組成的中國套盒：

一、整體上我們不了解的熙德・哈梅特・貝內赫里的手稿可以是第一個大盒。緊接著從它派生出來的第一個子體故事就是：

　　二、來到我們面前的唐吉訶德和桑丘的故事，這是個子體故事，裡面包括許多個孫體故事（即第三個套盒），儘管種類不同；

　　三、人物之間講述的故事，比如上述桑丘講的牧羊女托拉爾娃的故事；

　　四、作為拼貼畫的組成部分而加入的故事，由書中人物讀出來，是獨立自治的，與包容它們的大故事沒有根深蒂固的聯繫，比如《何必追根究底》和《被俘的船長》。

　　然而，實際上，由於熙德‧哈梅特‧貝內赫里在《唐吉訶德》的出現方式，是由無所不知和游離於敘述故事之外的敘述者引證出來的（雖然我們在談空間視角時看到敘述者也被捲入故事來了），那就有可能更加游離於故事之外並且提出：既然熙德‧哈梅特‧貝內赫里是被引證出來的，那麼就不能說他的手稿是小說的第一級、即作品的啟動現實──一切故事

的母體。如果熙德‧哈梅特‧貝內赫里在手稿用第一人稱說話和發表意見（根據那個無所不知的敘述者從熙德‧哈梅特‧貝內赫里那裡引證的話），那麼顯而易見，這是個人物兼敘述者的角色，因此他才浸沒在一個只有用修辭術語才能說的自動生發出來的故事（當然是指一個有結構的故事）。擁有這個視角的所有故事、敘述內容空間與敘述者空間在這些故事裡是吻合一致的，那麼這些故事除去文學現實之外還掌握一個包括所有這些故事的一級中國套盒：寫這些故事的那隻手（孤單的手，因為我們知道賽萬提斯是個獨臂人），我們就會同意《唐吉訶德》甚至是由四種混雜的現實組成的。

　　這四種現實的轉化——從一個母體故事轉換到另外一個子體故事——表現在一種變化上，這您大概已經察覺了。我剛才說「一種」變化，現在我馬上推翻它，因為實際情況是，中國套盒術經常會同時產生幾

種不同的變化：空間、時間和現實層面的種種變化。現在我們來看看絕妙的中國套盒術在奧內蒂的《短暫的生命》中的例證。

這部傑作，西班牙語小說中最巧妙和優美的作品之一，從寫作技巧的角度說，完全是用中國套盒術構築起來的，奧內蒂以大師級的手法運用這個中國套盒術創造出複雜、重疊的精美層面，從而打破了虛構和現實的界線（打破了生活和夢幻或者願望的界線）。這部長篇小說是由一個人物兼敘述者的角色講出來的，這個人名叫胡安‧馬利亞‧布勞森，他住在布宜諾斯艾利斯，因為女友海爾特魯斯要做乳房切除手術（乳腺癌）而痛苦不已，可是他窺視女鄰居蓋卡並且想入非非；他還得給人家寫電影劇本。這一切構成故事的基本現實或者說一級盒子。可是這個故事卻偷偷摸摸地滑向拉布拉他河畔的一個小區聖達‧馬利亞；那裡有個40歲的醫生，道德行為可疑，把嗎啡出

售給前來求醫的患者。但是，不久我們就會發現：什
麼聖達‧馬利亞、戈萊伊醫生和那個神秘的有嗎啡癮
的女人統統是布勞森的想像，是故事的二級現實，實
際上戈萊伊醫生是某種類似布勞森的知心朋友的東
西，他那個有嗎啡癮的女病人只是女友海爾特魯斯的
一種折射。這部作品通過兩個世界之間的變化（空間
和現實層面的變化）或者中國套盒術，把讀者如同鐘
擺一樣從布宜諾斯艾利斯搬到聖達‧馬利亞，再從聖
達‧馬利亞搬回布宜諾斯艾利斯，這個來來往往的過
程是經過行文的現實主義外衣和技巧的有效性加以掩
飾，這個過程是現實和想像之間的旅行，如果願意的
話，也可以說是主、客觀世界之間的旅行（布勞森的
生活是客觀世界；他通宵達旦虛構的故事是主觀世
界）。這個中國套盒在作品中並不是唯一的，還有另
外一個與之並行。布勞森窺視女鄰居、一個名叫蓋卡
的妓女，她在布宜諾斯艾利斯的套房接客。蓋卡的故

事發生在——似乎是開頭——一個客觀的層面，如同
布勞森那樣，雖然他的故事讓讀者看到時已經被敘述
者的證詞吞併了，這個布勞森一定對蓋卡的所作所爲
有不少猜測（聽得見她的動靜，但是看不見）。然
而，在一個特定的時刻——小說的火山口之一和最有
效果的變化之一，讀者發現：蓋卡的姘頭、罪犯阿爾
塞雖然最後殺害了蓋卡，但實際上——恰恰如同那個
戈萊伊醫生一樣——也是布勞森的知己、一個由布勞
森創造出來的人物（不清楚是部分地還是整體地創
造），也就是說，是個生活在不同現實層面的人物。
這第二個中國套盒，與聖達·馬利亞那個中國套盒是
平行的，和平共處，雖然並不一樣，因爲與那個完全
想像出來的中國套盒——聖達·馬利亞及其人物僅僅
存在於布勞森的想像之中，第二個中國套盒彷彿建立
在現實和虛構中間、客觀體和主觀性之間，因爲在這
種情況下，布勞森給一個眞實人物（蓋卡）和她的環

境增添了一些編造的因素。奧內蒂嫻熟的形式技巧——
描寫故事的文字和構築藝術——使得作品出現在讀者
眼前時彷彿一個統一的整體，內部沒有間斷，儘管如
上所說它是由不同的現實層面構成的。《短暫的生命》
的中國套盒術可不是機械性的。通過中國套盒術我們
發現：這部小說的真正主題不是自由撰稿人布勞森的
故事，而是可以由人類經驗共同分享的更加廣闊的某
種東西：對虛構的運用，對想像的運用，以便充實人
們的生活和豐富心裡虛構故事的方式，而在虛構中則
把日常生活的點點滴滴的經驗當作工作素材使用。虛
構不是經歷的生活，而是用生活提供的素材加以想像
的心理生活；如果沒有這種想像的生活，真正的生活
就可能比現在的狀況更加污穢和貧乏。

　　再見。

第十封信》
# 隱藏的材料

親愛的朋友：

　　海明威說過，在他開始文學創作的時候，突然冒出一個想法：在一個他正在寫作的故事中，取消主要事實——主角自縊身亡。他說，結果發現一種敘事方式，後來就經常運用到他的長、短篇小說中去了。的確，可以毫不誇張地說，海明威筆下最好的故事都充滿了意味深長的沉默、即精明的敘述者有意迴避的材料，之所以這樣處理是為著讓無聲的材料更加有聲並且刺激讀者的想像力，使得讀者不得不用自己意想的假設和推測來填補故事留下的空白。讓我們把這種手法稱為「隱藏的材料」吧；我們還要趕快說：雖然海明威個人花樣翻新地（有時是精闢地）使用了這一方法，但絕對不是他發明的，因為這個技巧如同小說一樣古老。

　　但是，說真的，現代作家中很少有人能像《老人與海》的作者那樣大膽地使用這一技巧。那篇精美

的短篇小說，可能是海明威的最佳作品，題目是〈兇手〉（"The Killers"），您還記得嗎？這個故事最重要的是一個巨大的問號：那兩個手持簡短槍管的步槍闖入無名小村的亨利飯館的在逃犯，爲什麼要殺害那個瑞典人奧萊‧安德森？爲什麼這個神秘的奧萊‧安德森當小夥子尼克‧亞當斯警告他有兩個兇手正在尋找他、要結束他的性命時，他卻不肯逃走或者報警，而甘心接受命運的安排？我們永遠不得而知。假如我們想得到對這兩個關鍵問題的答案，我們這些讀者就得根據那個無所不知、又無人稱的敘述者提供的點滴材料進行編造：瑞典人奧萊‧安德森來這個地方定居之前，好像在芝加哥做過拳擊手，他在那裡幹過一些決定了命運的事情（他說是錯事）。

　　隱藏的材料或者說省略的敘述，不會是廉價的和隨心所欲的。敘述者的沉默必須是意味深長的，必須對故事的明晰部分產生顯而易見的影響，沉默的部

分必須讓人感覺得到並且刺激讀者的好奇、希望和想像。海明威是運用這一敘事技巧的大師，這在《兇手》中是可以察覺的，它是敘事簡潔的典範之作，其文本如同冰山之一角、一個可見的小小尖頂，通過它那閃爍不定的光輝讓讀者隱約看到那複雜的故事整體，而座落其上的山頂是對讀者的欺騙。用沉默代替敘述是通過影射和隱喻進行的，這種暗示的方法把迴避不說的話變成希望，強迫讀者用推測和假設積極參與對故事的加工工作，這是敘述者經常使用的方法之一，目的是讓自己的生活經歷出現在故事中，也就是說，給故事增加說服力。

您還記得海明威最優秀的長篇小說《太陽照樣升起》（*The Sun Also Rises*）（我認為是最好的）中那隱藏的巨大材料？對，就是那個小說的敘述者傑克・巴恩斯的陽痿。此事從來沒有明確地敘述出來；它逐漸從一種有感染力的沉默中顯露出來——我甚至敢

說：讀者被閱讀的內容所刺激，慢慢把陽痿強加給傑克‧巴恩斯了；這個有感染力的沉默意味著那種奇怪的身體距離，意味著與美麗的布萊特聯繫起來的純潔的肉體關係；布萊特顯然是傑克深愛著的女人；毫無疑問，布萊特也愛著傑克，或者可能會愛上他，假如不是由於某種障礙或者阻撓的緣故的話，而我們始終不能準確地了解阻撓究竟何在。傑克‧巴恩斯的陽痿是個非常明白的沉默，隨著讀者越來越對傑克對待布萊特的異常和矛盾的表現而感到吃驚，甚至唯一解釋這種表現的方式就是發現（還是發明？）他的陽痿，那麼這一沉默就變得越來越引人注目了。這個隱藏的材料雖然沉默了，或許它的存在方式恰恰就是如此，它卻始終用一種特別的光芒照耀著《太陽照樣升起》的故事。

羅伯-格里耶的《嫉妒》是另外一部故事最根本的成分——恰恰是中心人物——流亡於敘述之外的長

篇小說，但這個中心人物的缺席卻處處映照在作品
中，因此時時刻刻可以感到他的存在。如同羅伯-格
里耶的幾乎所有小說一樣，《嫉妒》裡也沒有一個完
整的故事，至少不是傳統方式理解的故事——一個有
開頭、高潮、結尾的情節——而是更確切地說，是一
個我們不了解的故事的苗頭和症狀；對此，我們不得
不重新架構一個故事，如同考古學家根據幾百年埋藏
的少量石塊重新恢復巴比倫宮殿一樣，又如同動物學
家用一塊鎖骨或者一塊掌骨復原史前的恐龍和翼指龍
一樣。因此我們可以說，羅伯-格里耶的所有小說都
是從一些隱藏的材料中構思出來的。但是，在《嫉妒》
裡，這一方法的功能特別良好，原因是為了講述的內
容有意義，就必須讓那個被廢除的人的缺席具有形狀
並且出現在讀者的意識中。這個讓人看不見的傢伙是
誰呢？是個愛吃醋的丈夫，正如書名用雙重含義暗示
的那樣，這是個讓懷疑的魔鬼迷了心竅的人，他仔細

地監視著妻子的一舉一動，而這個被監視的女人卻絲
毫沒有察覺丈夫的行動。而這一點讀者並不敢肯定，
而是在描寫特徵的誘導下推測或者臆想出來的；作者
描寫的是一種鬼迷心竅的病態目光，是一種專注於仔
細而瘋狂地察看妻子一舉一動、一顰一笑的目光。這
個用數學般精確目光觀察妻子的人是誰？為什麼他要
這樣監視妻子？在敘事過程中都沒有對這些隱藏的材
料提供答案，讀者自己不得不根據小說提供的蛛絲馬
跡加以澄清。我們對這些從頭至尾隱藏不露的小說材
料稱之為省略的材料，以區別那些暫時不拿給讀者看
的部分，它們在敘事時間順序中有變動，為的是製造
希望和懸念，如同偵探小說那樣，到結尾時才發現兇
手對那些暫時隱藏起來的材料——離開崗位的材料——
我們可以稱它們是用倒置法隱藏起來的材料，您可能
會記得，這是一種寫詩的修辭手段，即按照悅耳或者
押韻的原則把詩句中的詞顛倒位置。（例如，不說

「這是一年裡的開花季節……」，而是說「開花的季節，在這一年裡……」）

　　在一部現代小說裡，把材料最出色地隱藏起來，可能發生在福克納可怕的《聖殿》（*Sanctuary*）之中，故事的火山口，即充滿青春活力、但卻輕浮的譚波兒・德雷克被一個患有精神病的歹徒金魚眼用玉米破了身，這個火山口被取代並且化做了千絲萬縷的消息，這些破碎的消息使得讀者在漸漸回首往事中意識到破身一事的可怕。從這個可惡的緘默過程裡，生發出《聖殿》的氣氛：一種野蠻、性壓抑、恐懼、偏見和不開化的氣氛；這樣的氣氛賦予了孟菲斯市的傑弗遜鎮以及故事中的其他背景一種象徵意義，一種兇惡世界的性質，按照《聖經》世界末日的專門含義，這是人類墮落和迷失的性質。面對這部小說中的種種暴行——強姦譚波兒僅僅是諸多暴行之一；此外還有絞刑、火刑、兇殺以及形形色色道德敗壞的行徑，我

們除去感到這是犯法之外，還覺得這是邪惡勢力的一次勝利，是墮落的精神戰勝了善良的人性，因為邪惡精神成功地主宰了大地。整個《聖殿》是用隱藏的材料組裝起來的。除去譚波兒被強姦之外，如此重要的事件還有，比如湯米和李‧戈德溫被害，或者金魚眼的陽痿，起初這些事情都是不說的，都被略去不提，只是在後來追述往事時才漸漸透露給讀者；這樣，讀者通過那些用倒置法隱藏起來的材料，便逐漸明白事情的全貌，同時逐漸確定事情發生的真正時序。福克納不僅在《聖殿》，而且在他筆下所有的故事中，都是運用隱藏材料的完美大師。

我想最後再舉個隱藏材料的例子，我們要一下子跳回五百年前去看中世紀騎士小說的傑作之一——朱亞諾‧馬托雷爾（Joanot Martorell）[1]的《騎士蒂朗》

---

1　朱亞諾‧馬托雷爾（1415-68），西班牙騎士小說家。

（*Tirant Lo Blanc*），它是我放在床頭的小說之一。在《騎士蒂朗》隱藏的材料——用在倒置或者省略中——被現代最優秀的小說家運用得非常嫻熟。我們來看看小說中的活火山口之一的敘事素材是怎樣建構的吧：蒂朗和卡梅西娜、迪亞費布斯和埃斯特法尼婭舉行了**無聲的婚禮**（從第162章中間到163章中間所包括的事件）。卡梅西娜和埃斯特法尼婭把蒂朗和迪亞費布斯引進皇宮的一個房間。兩對情人不知道普拉塞德米維達在鎖孔處窺視，整夜地陷在愛情遊戲之中；蒂朗和卡梅西娜玩得溫和，迪亞費布斯和埃斯特法尼婭則十分激烈。黎明時分，情人們分手了；可是幾個小時後，普拉塞德米維達告訴埃斯特法尼婭和卡梅西娜，她是無聲婚禮的目擊者。

小說中，這個場景沒有出現在「眞實的」時間順序裡，而是以間斷的方式、通過時間變換和用倒置方法隱藏的材料露面的；這樣一來，這個情節就從生

活經歷中得到極大的充實。故事講述了卡梅西娜和埃斯特法尼婭把蒂朗和迪亞費布斯引進宮中的準備工作和決心；解釋卡梅西娜如何一面裝作睡覺，一面猜測要發生的「無聲婚禮」。那個無所不知、無人稱的敘述者在「眞實」的時間順序中不停地介紹蒂朗看到美麗的公主時的困惑以及他如何跪倒在地親吻卡梅西娜的雙手。在這裡就發生了第一個時間變換或者說與計時順序的決裂：「二人交換了相愛原因。當他倆覺得應該分手的時候，便分別回到自己的房間。」接著，故事向未來式一跳，在這個空隙裡，這個沉默的深淵中留下一個聰明的問題：「這個夜晚，有人相愛，有人痛苦，誰能入睡呢？」

然後，故事把讀者領入第二天早晨。普拉塞德米維達起床後，走進卡梅西娜公主的房間，發現埃斯特法尼婭「一副懶洋洋的樣子」。發生什麼事情了？爲什麼埃斯特法尼婭是這麼一副浪蕩、懶散的模樣？

這個討人喜歡的普拉塞德米維達的影射、提問、嘲笑和淫藝念頭，實際上都是說給讀者聽的，並且要激起讀者的好奇和猜疑。經過這麼一個漫長和精明的引子，最後，漂亮的普拉塞德米維達透露：昨天晚上她做了一個夢，看到埃斯特法尼婭把蒂朗和迪亞費布斯領進了房間。到這裡，情節中發生了第二個時間變換或者敘述時間順序的跳躍。情節跳回了前一天晚上，讀者借助普拉塞德米維達編造的夢發現了無聲婚禮過程中的事情。這時，那個隱藏的材料顯露出來，從而恢復了這個情節的整個面貌。是完全的面貌嗎？並不是完整的。除去這個時間變化，您還會看到也發生了空間變化、空間視角的變化，因為講述無聲婚禮上發生的事情的人，已經不是那個一開頭離開故事之外、無人稱的敘述者了，而是普拉塞德米維達、一個人物兼敘述者的角色，她並不打算提供客觀見證，而是充滿了主觀情緒（她那些戲謔、放縱的評論使得這段故

事頗有主觀色彩，特別是擺脫了如果換成另外一種方式講述埃斯特法尼婭被迪亞費布斯破身一事可能產生的暴力印象）。

這個時間和空間的雙重變化把一個中國套盒引進無聲婚禮的故事中，也就是說，這個故事成為一個獨立自治的敘事體（普拉塞德米維達敘事體），被包括在那個無所不知的敘述者總體中。（附帶說一下，《騎士蒂朗》多次使用中國套盒或者俄羅斯套娃。在英國王室長達一年零一天的慶祝大婚盛會的日子，蒂朗的英雄事績不是由那個無所不知的敘述者披露給讀者的，而是借助迪亞費布斯講給瓦羅亞克伯爵的故事公布出來的；熱那亞人占領羅德島一事是通過兩個法國王室的騎士講給蒂朗和布列塔尼公爵之後透露出來的；商人戈貝迪的冒險故事是從蒂朗講給逍遙寡婦的故事中變化出來的。）因此，通過對這麼一部經典之作中的一個故事的分析，我們可以說，當代作家使用

得令人眼花撩亂、彷彿新發明似的這些技巧、手法，實際上很早以前就屬於小說寶庫裡的東西了，因為古典小說家早已經運用得十分靈活了。現代小說家完成的事情在許多情況下是加工潤色、推敲提煉、或者對早已經出現在小說文字中的種種表現進行一些新的改造。

　　在結束這封信之前，或許值得針對這個從中國套盒裡派生出來的固有特點，做一次適用於所有小說的全面回顧。任何小說的文字部分只是所講故事的局部或者片斷：只有積累了小說的全部因素──思想、表情、目標、文化座標、歷史、哲學、意識形態等等全部故事設計和包括的素材──得到了充分的展開，它才會包羅起比文本中清楚說明的內容要廣泛得無數倍的素材；也是任何小說家，即使是最肯大量使用筆墨、最不吝惜文字的作家，也不可能有條件在作品中鋪陳的素材。

　　爲了強調任何敘事過程都難以避免的片面性，小說家克洛德·西蒙（Claude Simon）[2]——他用這種方式嘲笑「現實主義」複製現實的企圖——經常舉一個例子：描寫一盒茨岡牌香煙。他問：這種描寫爲了成爲現實主義的應該包括哪些因素呢？應該包括體積、顏色、內容、註冊商標，當然還有包裝的材料。難道這就足夠了？從包羅萬象的意義說，是絕對不夠的。爲了不忘記任何重要的材料，還需要在描寫製作香煙盒和香煙之後包括一份關於工業流程的詳細介紹；爲什麼不寫銷售網路和從生產到消費的商業化過程呢？這樣是不是就把有關茨岡牌香煙盒的全部都寫出來了呢？當然還沒有。香煙的消費不是一個孤立的事情，是習慣演變和時尚樹立的結果，是與社會歷史、神話、政治、生活方式等密切相連的；從另一方

2　克洛德·西蒙（1913-），法國小說家。

面說，它是一種習慣——惡習，廣告和經濟生活都對它有決定性影響，它對吸煙者的健康則產生決定性的後果。沿著這條論證到荒唐程度的道路，就不難得出這樣的結論：描寫任何一個東西，哪怕是最微不足道的，如果延伸到廣義，就會簡單而純粹地導致這種烏托邦式的幻想：描寫宇宙。

毫無疑問，關於虛構小說也可以說出類似的事來。如果一個小說家在講一個故事的時候，不規定一些界限（就是說，如果他不甘心隱藏某些材料的話），他講述的故事就可能沒頭沒尾，就會用某種方式與所有的故事聯繫起來，就會成為那種不可能實現的總體、想像中的無限宇宙：各種各樣的虛構親密無間地共處一體。

然而，如果人們同意這個假設：一部小說——確切地說是寫出的虛構作品——僅僅是整個故事的一段，小說家註定不得不從整個故事中刪除大量由於多

餘、可以放棄和包含在已經說明白的材料，無論如何
也應該對那些因為顯而易見或者無用而被排除在外的
材料與我這封信中提到的隱藏的材料加以區別。我的
這些隱藏的材料當然不是顯而易見的或者無用的。恰
恰相反，這些隱藏的材料有功能，在敘事情節中發揮
一種作用；因此，如果取消或者替代這些材料，就會
對故事產生影響，在故事或者視角中引起反射。

　　最後，我想給您再講一下以前我在評論福克納
的《聖殿》時所做的比較。我們假設一部小說的完整
故事由選定和省略的材料構成的）是個多面體。這個
故事一旦去除那些不必要的材料和為了達成某種效果
而蓄意節略的部分，小說就會有其獨特的形體。這個
特殊的形體，這個雕刻，也就是藝術家的原創性表
現。小說的形狀是借助幾種不同的工具雕刻而成的；
但是，毫無疑問，最常用、最有價值的工具之一是這
個隱藏的材料（如果目前還沒有更合宜的名稱以代替

這一說法的話），它可以完成這個剔除不必要成分的任務，直到我們希望的漂亮而有說服力的形象顯露出來為止。

擁抱您，再見。

第十一封信》
# 連通管

親愛的朋友：

　　為了談談這最後一個手段——連通管（後面我會給您解釋這是什麼意思），我想我們一起重讀一下《包法利夫人》中最值得回憶的章節之一，即第二部中的第八章〈農業展覽會〉。在一個場景內，發生了兩件（甚至三件）不同的事情，它們用交叉的方式敘述出來，互相感染，又在一定程度上互相修正。由於是這種結構方式，這些不同的事件因為是連結在一個連通管系統中，就互相交流經驗，並且在它們中間建立起一種互相影響的關係；有了這種關係，這些事件就融合在一個統一體中；後者把這些事件變成區別於簡單並列故事的某種東西。當這個統一體成為某種超越組成這個情節的各部分之和的時候，就有了連通管，和〈農業展覽會〉裡發生的事情一樣。

　　這樣，通過敘述者的聯繫，我們就看到了對農村集市或者展覽會的描寫：農民展示著農產品和牲

畜，舉行節日活動，市政當局發表講話和頒發獎章；
與此同時，在市政大樓上，在「議事廳」裡——從那
裡可以遙望集市——愛瑪‧包法利在傾聽她的情人羅
多爾夫熱情洋溢的情話。包法利夫人被這個高貴的情
人所勾引一事，作為敘事情節完全是自給自足的；但
由於此事是與政府參事利埃文的演說聯繫在一起的，
這樣就在愛瑪與集市上的瑣碎事情之間建立起一種默
契。這個情節獲得了另外一個意義，另外一個結構；
對於在市政大樓——那對焦急的情人在上面互相傾訴
衷腸——下面舉行的集市也可以說有這樣的意義和結
構，因為通過這個插入的情節就會不那麼荒唐可笑和
令人痛苦，因為有那個敏感的篩檢程式、那個減弱諷
刺的緩衝器在起作用。這裡我們在衡量一個非常棘手
的素材，它與簡單的事實沒有關係，而是與敏感的氣
氛有關，與源於故事的感染力和心理產生香氣有關；
就是在這個領域裡，如果敘事素材組織系統使用連通

管的方法，效果會更明顯，例如《包法利夫人》中〈農業展覽會〉那一章。

對農業展覽會的全部描寫屬於不留情面的嘲諷性質，它把福樓拜所著迷的人類愚昧強調到冷酷的程度；這個情節以卡特琳・勒魯老太太牛馬般地勞動54年而獲得獎勵，並且由她宣布把全部獎金捐獻給神父爲她的精神健康做彌撒而達到高潮。如果在這一描寫中可憐的農場主似乎被打入粗野的常規中，剝奪掉他們的感情和想像，把他們變成一些令人討厭的平庸又因循守舊的形象，那麼主持展覽會的當局代表就更糟糕，他們是些饒舌而滿口荒唐的角色，在他們身上，虛僞、雙重人格似乎是基本特徵，如同利埃文演說中那些套話、空話所表明一樣。然而，這幅如此黑暗和殘酷無情的圖畫，令人難以置信（就是說，情節沒有說服力），只有在這樣的時候方才出現：我們分析農業展覽會時把它與愛瑪的被勾引隔離開來，而在作品

中展覽和勾引緊密相連。實際上，這幅圖畫也曾經鑲嵌在另外一個情節裡，但是諷刺的激烈程度由於給硫酸般的嘲諷提供了藉口而大大降低它存在的效果。那種充滿愛情、細膩的感情因素，因為把勾引的場面引入其中，就建立了一種微妙的對位旋律，而借助這個旋律就產生了可信性。與此同時，漫畫和戲謔式的諷刺，農村集市上的歡快因素，也以互相影響的方式具有一種緩和的效果，一種糾正過分情意纏綿的作用——特別是修辭上的無節制——那過分咬文嚼字的修辭裝飾著愛瑪被勾引的情節。假如沒有農場主帶著豬馬牛羊參加市政大樓下面的集市，即這個強大的「現實主義」因素，那麼樓上口水飛濺出的浪漫情話的陳詞濫調可能會消解在非現實之中。幸虧有了這個把不同因素融合在一起的連通管體系，本來會破壞每個情節說服力的稜角都被一一挫平，敘事的統一體由於那個給整體賦予豐富和獨創的堅實性而得到了極大的充實。

　　另外，在通過連通管構成的那個整體內部——把農村集市與誘姦結合在一起，有可能建立起另外一種修辭方面的對位旋律：一方面是鎮長在樓下的演說；一方面是愛瑪聽到情人的引誘情話。敘述者把這兩種述說聯繫起來，其目的（後來完全實現了）是二者——分別闡明關於政治和愛情方面的大量見解——的互相交叉可以相應地緩和口氣，以便給故事引進一個諷刺視角；如果缺乏這個角度，說服力就可能降到最小程度，甚至會消失。因此在〈農業展覽會〉這一章，我們可以說：在普遍使用連通管的體系中，另外還有個別封閉的連通管，部分地再現故事的整體結構。

　　到此為止，我們可以嘗試著給連通管下定義了。發生在不同時間、空間和現實層面的兩個或者更多的故事情節，按照敘述者的決定統一在一個敘事整體中，目的是讓這樣的交叉或者混合限制著不同情節

的發展，給每個情節不斷補充意義、氣氛、象徵性等等，從而會與分開敘述的方式大不相同。如果讓這個連通管術運轉起來，當然只有簡單的並列是不夠的。關鍵的問題是在敘事文本中被敘述者融合或者拉攏在一起的兩個情節之間要有「交往」。有時，「交往」可以是低水平的，可是如果沒有「交往」，那就談不上連通管術，因爲如上所述，這個敘述技巧建立的統一體使得如此構成的情節一定比簡單的各部分之和豐富得多。

可能使用連通管術最爲細緻和大膽的例子是福克納的《野棕櫚》（*The Wild Palms*），這部小說在輪流交叉的章節講述了兩個獨立的故事：一個是爲狂熱的愛情而死的悲慘故事（通姦，結果很壞）；另外一個是囚犯的故事，一場類似世界末日的自然災害——把大片城鎮夷爲廢墟的水災——使得這個囚犯經過一番英勇拼搏返回監獄，而當局竟然不知所措，最後判

處他再蹲幾年監獄，其理由是企圖越獄！這兩個故事
情節之間從來沒有摻和起來，雖然在那對情人的故事
裡有某個時候影射過水災和囚犯；但從二者之間可感
覺到的接近程度上看，敘述者的語言和某種毫無節制
的氣氛——處於激情之中，洪水氾濫和鼓舞著囚犯為
履行返回監獄的諾言而做出的英勇事蹟的自殺性質的
環境——並沒有在這兩個故事之間建立起親戚關係。
對此，博爾赫斯用他進行文學評論時必有的睿智和準
確說：「這是兩個永遠也不會混淆、但一定會以某種
方式相互補充的故事。」

　　連通管術的有趣變種之一是科塔薩爾在《跳房
子》試驗的那一種，正如您會記得的那樣，作品的背
景有兩個地方，巴黎（在那邊）和布宜諾斯艾利斯
（在這邊）；二者之間有可能建立起某種寫實主義的
計時順序（有關巴黎的情節都先於布宜諾斯艾利斯的
情節發生）。然而，作者一開頭就設置了一張導讀

表，為讀者提供了兩種不同的閱讀方法：一種我們稱
之為傳統法，即從第一章起，按照正常順序連續讀下
去；另一種叫跳讀法，即按照每章結尾處所指出的不
同編號讀下去。只要僅僅選擇了第二種閱讀法，那麼
就可以讀完整個文本；假如選擇了第一種，那麼《跳
房子》的三分之一會排除在外。這個被排除的三分之
一——在其他地方（可以放棄閱讀的各章）——不由
科塔薩爾創作的情節組成，也不由他筆下的敘述者講
述出來；而是別人的文章，引證的語錄；或者即使是
科塔薩爾的作品，也是獨立自主的文本，與奧利維
拉、瑪伽、羅卡瑪杜爾和那個「現實主義」（如果這
個術語用在《跳房子》中不會產生不一致性的話）故
事中的其他人物沒有直接和情節上的聯繫。這是拼貼
畫的技巧，在連通管與涉及到拼貼畫的故事情節本身
的聯繫中，這樣的技巧試圖給《跳房子》的故事增加
一個新天地——我們可以稱之為神話和文學的天地，

一個修辭的新層面。非常明顯，這就是《跳房子》的用意所在：在拼貼畫和「現實主義」的情節之間建立對位旋律。科塔薩爾早在已經發表的《中獎彩票》（*The Winners*）中就使用過這個連通管體系，書中出現了主角佩西奧的一些獨白，與作為故事背景的輪船上的乘客的冒險行為混和在一起，他的獨白涉及到奇怪的帳單，抽象性質、形而上學、有時是深奧的一些思考，其用意是給那個「現實主義」（同樣在這種情況下，如同任何時候談起科塔薩爾一樣，一說起現實主義就會必不可免地產生用詞不當的結果）的故事增添一個神話的天地。

尤其是在一些短篇小說中，科塔薩爾真正以大師般的嫻熟技巧使用過這個連通管術。請允許我提醒您，他在〈仰面朝上的夜晚〉（"The Night Face Up"）展示的那絕妙的精湛手藝。您還記得嗎？那個在一座現代化的大城市——毫無疑問，是布宜諾斯艾利斯——

的街道上騎機車發生車禍的人物，做了手術，躺在醫
院的病床上等待康復，一開始像是一個簡單的噩夢，
通過一次時間變化，他被轉移到哥倫布來到新大陸之
前的墨西哥，進入「火焰般的戰爭狀態」，阿茲特克
的武士們去捕獵活人用來祭祀眾神。故事從這裡向前
發展，通過一個連通管體系，用交叉的方式，在主角
療養的醫院病房與古老的阿茲特克夜晚之間交替前
進；他在阿茲特克的夜裡變成了一個摩特卡人，起初
拼命逃跑，後來落入追捕他的阿茲特克人手中。這些
人把他拉到太陽神金字塔前準備同其他許多人一道活
祭眾神。這組對唱是通過巧妙的時間變化進行的，其
中可以說是以優美動人的方式，這兩種現實──當代
醫院和古老的熱帶叢林──互相接近，似乎也在互相
感染。直到故事結尾處──活火山口──又一次變
化，這不僅是時間變化，也有現實層面的變化──兩
種時間融合在一起；實際上，那個人物不是在現代化

城市因為車禍接受手術治療的騎機車的男子，而是一個原始的摩特卡人，就在巫師準備掏出他心臟以平息眾神的憤怒時，他預見到一個有城市、機車和醫院的未來。

另一個類似的故事，雖然結構上更為複雜，科塔薩爾利用連通管術的方式卻更有獨創性，這個敘事文學上的精品就是：〈基克拉澤斯群島的偶像〉（"The Idol of the Cyclades"）。在這部作品裡，故事同樣是在兩種時間現實中進行，一個是當代和歐洲的——基克拉澤斯群島中的一個希臘島嶼和巴黎郊外一處雕刻工作室——和另外一個五千年的愛琴海古老文明，它由巫術、宗教、音樂、祭祀儀式組成，考古學家試圖根據一些露出地面的碎片——器皿和雕像——恢復它們的面貌。但是，在這個作品裡，過去的這一現實以非常謹慎、居心叵測的方式潛入現在的現實中，首先通過的是一座來自過去的小小雕像，這是考古學家

摩蘭德和他的朋友雕塑家索摩查在斯科羅斯山谷中發現的。兩年後，小雕像擺在了索摩查的工作室，他極力為自己分辯，不僅有藝術上的道理，而且還因為他有這樣的想法：用這種方式他可以輪迴到那個產生這種雕像的文化的遙遠年代中去。摩蘭德與索摩查相聚在雕刻工作室，這是作品的現在式，敘述者彷彿在暗示，索摩查已經神經失常了，摩蘭德是理智的。但是，突然之間，在奇蹟般的結尾處，摩蘭德卻殺死了索摩查，並且在死者的屍體上舉行古老的魔術儀式；隨後還準備用同樣的方式犧牲自己的妻子泰雷茲，這時我們才發現，實際上小雕像已經讓這一對朋友走火入魔，把他倆變成了製造雕像那個時代和文化的人了，那個時代突然之間粗暴地闖進了現代生活，而人們還以為早已經永遠把它給埋藏了呢。在這種情況下，連通管術不具有如同〈仰面朝上的夜晚〉那樣的對稱特徵、那種有序的對位旋律。這裡的連通管術是

痙攣性的異物，是暫時的，是那遙遠的過去鑲嵌到現
代化的生活裡來了，直到在最後絕妙的活火山爆發，
這時我們才看到索摩查裸露的屍體上有一把斧頭插在
死者的前額，小雕像上塗滿了鮮血，摩蘭德也是赤身
裸體，一面聽著笛子吹出的瘋狂音樂，一面舉著斧頭
等待著泰雷茲的到來；我們這時意識到，那個古老的
過去完全征服了現在，同時確立了魔術和祭祀儀式在
當代的君主地位。在這兩部作品中，連通管術把兩個
不同的時間和文化聯繫在一個統一的敘事體中，造成
一個新現實的出現，後者從質量上區別於兩個現實的
簡單融合。

　　雖然您會覺得是在撒謊，可是我認為有了這個
對連通管術的描寫，我們可以在為小說家提供組裝虛
構小說所需的技術手段問題上畫個問號了。可能還
會有其他一些手段，但至少我目前還沒有發現。現在
擺在眼前的所有這些技巧（說實話，我也沒有用放大

鏡四處尋找，因為我喜歡閱讀小說，而不是解剖它們），給我的印象是它們可以加入到寫作故事的方法中去了，而這就是我寫這些信的目的。

　　擁抱您。

第十二封信》
# 信後附言

親愛的朋友：

　　再稍微寫上幾行，以告別的方式，向您重申一下我們在通信過程中我多次說過的那些話；那些信是在您的鼓勵下，我試圖描寫優秀小說家為給他們的作品賦予迷惑我們這些讀者的魅力而使用的一些手段。這是因為技巧、形式、行文、文本，或者無論什麼說法吧──賣弄學問的專家們已經給隨便什麼讀者不費力氣就可以識別的東西發明了一大堆名稱──是一個牢不可破的整體；如果非要分出主題、風格、性質、視角，等等，那就相當於在活人身上進行解剖。其結果無論多麼好的情況下也必然是一種殺人方式。而一具屍體就是對處於活動並具有創造活力的人模糊的追憶，這個活人沒有僵硬感，也不怕蛆蟲的進攻。

　　我這番話是什麼意思呢？當然不是說文學評論是無用的，也不是說可以棄之不顧的。絕對不是。恰恰相反，文學評論可以成為深入了解作家內心世界和

創作方法的極爲有用的嚮導；有時一篇評論文章本身就是一部創作，絲毫不比一部優秀小說或者長詩遜色（無需多說，我可以舉出這樣一些例子：達瑪索·阿隆索（Dámaso Alonso）[1]的《貢戈拉研究論文集》（*Studies and Essays on Gongora*）；艾德蒙·威爾遜（Edmund Wilson）[2]的《去芬蘭車站》（*To the Finland Station*）；聖伯夫（Charles-Augustin Sainte Beuve）[3]的《皇家港口》（*Port Royal*）和約翰·利文斯頓·洛斯（John Livingston Lowes）[4]的《通往上都之路》（*The Road to Xanadu*）。這是四類極不相同的評論，但都同樣有價值，有啟發，有創造性）。但是，與此同時，我覺得非常重要的是要說

---

1　達瑪索·阿隆索（1898-1990），西班牙語言家、抒情詩人，文學批評家。

2　艾德蒙·威爾遜（1895-1972），美國作家、批評家。

3　聖伯夫（1804-69），法國文學批評家。

4　約翰·利文斯頓·洛斯（1867-1945），哈佛大學美國文學教授。

明：單就評論本身而言，即使評論是非常嚴格和準確
的情況下，也不能窮盡創作現象的研究，也不能把創
作的全貌說個明白。無論什麼成功的小說還是詩歌總
會有某個因素或者領域是理性批評分析無法捕捉到
的。因為文學批評是在運用理性和智慧；在文學創作
中，除去上述因素，往往還有以決定性的方式參加進
來的直覺、敏感、猜測、甚至偶然性，它們總會躲開
文學評論研究最嚴密的網眼。因此誰也不能教別人創
作；頂多傳授一些閱讀和寫作方法。剩下的就是我們
自我學習，從跌跌撞撞中一再地學習。

　　親愛的朋友，我試著告訴你的是，請忘掉我在
信中提到的那些關於小說形式的內容，就坐下來開始
提筆寫作吧。

　　謹祝好運。

1997.5.10，利馬

給青年人的信

# 給青年小說家的信

2004年9月初版　　　　　　　　　　　　　　　　　定價：新臺幣240元
2010年10月初版第二刷
有著作權・翻印必究
Printed in Taiwan.

|  |  |
| --- | --- |
| 著　　　者 | Mario Vargas Llosa |
| 譯　　　者 | 趙　德　明 |
| 發 行 人 | 林　載　爵 |

| 出　版　者 | 聯經出版事業股份有限公司 |
| --- | --- |
| 地　　　址 | 台北市忠孝東路四段561號4樓 |
| 台北忠孝門市 | 台北市忠孝東路四段561號1樓 |
| 電話 | ( 0 2 ) 2 7 6 8 3 7 0 8 |
| 台北新生門市 | 台北市新生南路三段94號 |
| 電話 | ( 0 2 ) 2 3 6 2 0 3 0 8 |
| 台中分公司 | 台中市健行路321號 |
| 暨門市電話 | ( 0 4 ) 2 2 3 7 1 2 3 4　ext.5 |
| 高雄辦事處 | 高雄市成功一路363號2樓 |
| 電話 | ( 0 7 ) 2 2 1 1 2 3 4　ext.5 |
| 郵政劃撥帳戶第0100559-3號 |  |
| 郵撥電話 | 2 7 6 8 3 7 0 8 |
| 印　刷　者 | 世和印製企業有限公司 |
| 總　經　銷 | 聯合發行股份有限公司 |
| 發　行　所 | 台北縣新店市寶橋路235巷6弄6號2F |
| 電話 | ( 0 2 ) 2 9 1 7 8 0 2 2 |

| 叢書主編 | 莊　惠　薰 |
| --- | --- |
| 特約編輯 | 崔　小　茹 |
| 封面設計 | 翁　國　鈞 |

行政院新聞局出版事業登記證局版臺業字第0130號

國家圖書館出版品預行編目資料

給青年小說家的信/ Mario Vargas
Lloas著 . 趙明德譯 .
--初版 . --臺北市：聯經，2004年
224面；13×19公分 . （給青年人的信）
譯自：Cartas a un Joven Novelista
ISBN　978-957-08-2759-0（精裝）
〔2010年10月初版第二刷〕

1.小說-寫作法

812.71　　　　　　　　　　　　93016649

給青年建築師的信

定價：200元

作者：漢寶德

本書提供建築新人完整的建築內在與外在視野。作者提出「大乘的建築觀」，建議青年人以入世的精神從事建築，主張「雅俗共賞的建築觀」即人文主義兼顧雅俗的美學態度。對於傳統建築，漢寶德主張：「好的才保存」而非「保存就是好」。

給青年藝術家的信

定價：240元

作者：蔣勳

一首樂曲、一首詩、一部小說、一齣戲劇、一張畫，其實往往沒有什麼最後的結局，它們只是像不斷剝開的洋蔥，一層一層打開我們的視覺、聽覺，打開我們眼、耳、鼻、舌、身的全部感官記憶，打開我們生命裡全部的心靈經驗。

給青年小說家的信

定價：240元

作者：馬利歐‧巴爾加斯‧尤薩
（Mario Vergas Llosa）
譯者：趙德明

如果能夠充分運用自己的才華，那就是對這一才華的最高獎勵，這種獎勵遠超過創作成果所獲得的一切名利。文學抱負推動人們將畢生精力投入一種很奇特的活動，那就是有一天突然感到自己被召喚，身不由己地投入，並使出渾身解數，終於覺得實現了自我的價值。

## 給青年反對者的信

定價：240元

作者：克里斯多福‧希鈞斯
　　　（Christopher Hitchens）
譯者：林東茂

人們普遍視為理所當然的，往往形成命定論或是犬儒心態，只有不斷提醒自己，不要讓自己的想法受到任何黨派或派系的宰制，無論他們心智如何高超。也不要相信高談闊論「我們」的任何演說者，或是以「我們」之名說話的人。

## 給青年CEO的信

定價：240元

作者：道格拉斯‧貝瑞
　　　（Douglas Barry）
譯者：莊安祺

舉世最傑出、最有成就的CEO，為本書讀者提出私房指引，並且分享他們直接而坦率的想法，對於如何在企業階梯中登峰造極、如何完成他們的任務，提出權威性的建議。這些難能可貴的意見，對每個人都是莫大的啟發。

## 給青年詩人的信

定價：180元

作者：里爾克
　　　（Rainer Maria Rilke）
譯者：馮至

本書所選輯的十封信，是里爾克對一位素昧平生的年輕詩人所提出的建言，亦是他對創作者步入詩壇最真切的警語。行文間不僅流露詩人的堅毅性格，也反映藝術創作者在面對孤獨與自我修為的執著，對現今的年輕藝術家是一帖醍醐灌頂的良方。

# 聯 經 出 版 事 業 公 司

信 用 卡 訂 購 單

信 用 卡 號：□VISA CARD □MASTER CARD □聯合信用卡

訂 購 人 姓 名：＿＿＿＿＿＿＿＿＿＿＿＿＿＿＿＿＿＿＿

訂 購 日 期：＿＿＿＿＿年＿＿＿＿＿月＿＿＿＿＿日　(卡片後三碼)

信 用 卡 號：＿＿＿＿＿　＿＿＿＿＿　＿＿＿＿＿　＿＿＿＿＿

信 用 卡 簽 名：＿＿＿＿＿＿＿＿＿＿＿＿(與信用卡上簽名同)

信用卡有效期限：＿＿＿＿＿年＿＿＿＿＿月

聯 絡 電 話：日(O)：＿＿＿＿＿＿＿夜(H)：＿＿＿＿＿＿＿

聯 絡 地 址：□□□＿＿＿＿＿＿＿＿＿＿＿＿＿＿＿＿＿

＿＿＿＿＿＿＿＿＿＿＿＿＿＿＿＿＿＿＿＿＿＿＿＿＿＿＿

訂 購 金 額：新台幣＿＿＿＿＿＿＿＿＿＿＿＿＿＿＿元整

**(訂購金額 500 元以下,請加付掛號郵資 50 元）**

資 訊 來 源：□網路　　□報紙　　□電台　　□DM　□朋友介紹
　　　　　　□其他＿＿＿＿＿＿＿＿＿＿＿＿＿＿＿＿＿＿

發　　　　票：□二聯式　　　□三聯式

發 票 抬 頭：＿＿＿＿＿＿＿＿＿＿＿＿＿＿＿＿＿＿

統 一 編 號：＿＿＿＿＿＿＿＿＿＿＿＿＿＿＿＿＿＿

※ 如收件人或收件地址不同時，請填：

收 件 人 姓 名：＿＿＿＿＿＿＿＿＿＿＿＿＿□先生 □小姐

收 件 人 地 址：＿＿＿＿＿＿＿＿＿＿＿＿＿＿＿＿＿＿

收 件 人 電 話：日(O)＿＿＿＿＿＿＿夜(H)＿＿＿＿＿＿＿

※茲訂購下列書種,帳款由本人信用卡帳戶支付

| 書　　　　　　　　　名 | 數量 | 單價 | 合　　計 |
|---|---|---|---|
| | | | |
| | | | |
| | | | |
| | | | |
| | | | |
| 總　　　計 | | | |

訂購辦法填妥後

1. 直接傳真 FAX(02)27493734
2. 寄台北市忠孝東路四段 561 號 1 樓
3. 本人親筆簽名並附上卡片後三碼(95 年 8 月 1 日正式實施)

電 話：(02)27683708

聯絡人:王淑蕙小姐(約需 7 個工作天)